二〇一八年十一月摄于浙江东阳明代雅溪卢宅

春侵梅竹泛新寒，冷暖江山许旧缘。

苦候长生识今古，笑谈易代换神仙。

挂冠风骨庙堂远，垂帐诗书庠序传。

两袖霜衣负家国，一双草履走云烟。

——《丁酉迎春》

古典诗词文集续集

孙霄兵

孙霄兵

著

江西教育出版社

JIANGXI EDUCATION PUBLISHING HOUSE

图书在版编目(CIP)数据

孙霄兵古典诗词文集续集/孙霄兵著. —南昌: 江西
教育出版社,2020.5

ISBN 978-7-5705-1518-9

I. ①孙... II. ①孙... Ⅲ.①中国文学–当代文学–作
品综合集 IV. ①I217. 2

中国版本图书馆 CIP 数据核字(2019)第 297158 号

孙霄兵古典诗词文集续集
SUN XIAOBING GUDIAN SHICI WENJI XUJI

孙霄兵　著

江西教育出版社出版

(南昌市抚河北路 291 号　邮编:330008)

各地新华书店经销

安徽联众印刷有限公司印刷

787 毫米×1092 毫米　16 开本　13 印张　字数 210 千字

2020 年 5 月第 1 版　2020 年 10 月第 2 次印刷

ISBN 978-7-5705-1518-9

定价:58.00 元

赣教版图书如有印装质量问题,请向我社调换　电话:0791-86710427

投稿邮箱:JXJYCBS@163.com　电话:0791-86705643

网址:http//www.jxeph.com

赣版权登字 -02-2020-088

序

大道聚知己，天涯起壮游

——读《孙霄兵古典诗词文集续集》有感

　　离开北京多年，却因旧友的缘故，得与孙霄兵先生相识，也有幸与这部诗集结缘。因诗相知，也以诗相交。作为后生晚辈，曾读过这部诗集的一鳞片爪，甚至不改轻狂习气，发过一些管中窥豹的议论。先生不但不以为忤，还给予我诸多关爱和教诲。蒙先生不弃，在本册诗集出版前，命我先诵读一遍，谈一下体会。在寂寂春光里，独踞于楼头，打开诗词文集，如与先生对坐，听他絮说平生。于我，足为一段奇妙的阅读旅程。其人渊永，其诗也宏富，读毕齿颊留香，也对诗词文集有了三点基本的印象：

　　第一，是入世淑世的理想。先生数十年供职于教育部门，曾任教育部政策法规司司长，现任国家督学、全国教育科学规划领导小组成员、中国教育发展战略学会执行会长，主持过《教师法》《义务教育法》《民办教育促进法》等多部教育法律法规的具体制定修订，也担任了中国人民大学、华中师范大学等多所高校的博导。但令我惊讶的是，他在诗文中呈现的并不仅是一个精通业务、畅谈政策法规的官员，也不单是一个有真知灼见、沉迷故国坟典的学者，更是一个满腔热血、为生民教育披肝沥胆、疾呼奔走的志士。如《丁酉迎春》诗：

春侵梅竹泛新寒，冷暖江山许旧缘。

苦候长生识今古，笑谈易代换神仙。

挂冠风骨庙堂远，垂帐诗书庠序传。

两袖霜衣负家国，一双草履走云烟。

此章诗法熟稔，开阖有度。而其中最为感人的是尾联，每读此二句，我总是想起初见先生的样子。身材高大，一袭旧衣，背一个与官员身份极不相称的破旧书包，匆匆来去于会场。夫子言：士志于道，而耻恶衣恶食者，未之有也。似乎除了他所顶礼的先贤诗篇和教育事业，其他事务都与他无关。其实我知道，他的内心是炽热的，且见其诗："屡见王侯成腐土，方从法政育精英"（《乙未感春》）、"江湖家族庙堂业，不胜春秋庠序功"（《感春》）、"黄袍常变换，绛帐为人开"（《沈阳浑南赴课》）。他的理想，或称为志业，并不着眼于一时一地，或某一个时代，仿佛具有穿透时光的能力。同时，因为人生志趣的契合，他对自己的老师，除师生厚谊外，更抱一份同道的深情。如《悼汤一介师》中云：

冬残悟春暖，夏尽感秋风。

谈笑天人合，经书世界同。

心存三代上，身在两楹中。

涕泣阴阳别，业徒问道穷。

全篇从自身对季节变换的感受说起，从天道写至人道，再由人道写至师道。俯仰三代，歌哭大雅。用典妥帖，更富哲思，几乎是一片神行。沉痛之外，更寄寓了学人的孤衷。

第二，是生新壮美的风格。霄兵先生生长在贵州这个多民族聚居的省份，有更多和少数民族接触的机会，在感情上也更为亲近，再加上他豪壮的气质、爽迈的性格，都有助于生新壮美风格的养成。先说"生新"，读霄兵先生诗，不论体裁、题材，都是新鲜活生，不落俗套的。如《访花溪镇山村》：

雨滴尖峰穿洞穹，大河涌出万山丛。

密林开合花藏箭，秘路蜿蜒蛇绕弓。

村寨苍姑闪裙饰，坝场青酒赧颜容。

舞美歌繁民族节，情纯言朴布依风。

这首诗充满了少数民族风味，在意境的营造上，能让读者产生足够的"陌生感"与"奇异化"。而很多时候，这种"生新"，有可能是清新陌生，如"山碧夕阳远，云蓝雪浪凉"（《雨后过伊犁河》）、"盐花拍足响，沙雨滴额凉"（《赛里木湖日出》）；也有可能是深邃幽渺，如"林际羽鳞闻瘴疠，人间饕餮隔伤寒"（《南中居疫》）、"沉骨招魂星入水，埋沙造影月升潮"（《黄海即事》其六）；还有的在对仗新奇，如"东京命运小航母，西汉文章太史公"（《渤海菩提月坨岛东望》）、"民心须看收成好，国运唯凭学识争"（《乙未感春》）。集中千变万化，甚至有为求"生新"而有伤浑成者，但也正说明了作者不落窠臼、求新求变的意识之强烈。"生新"固然难得，而"壮美"尤为不易。如《登卢龙塞》，前置小序：卢龙塞位于河北迁西，现名喜峰口，为长城要隘。唐置节度使。一九三三年，国民革命军第29军大刀夜袭日本关东军。一九八二年建潘家口、大黑汀等水库，喜峰口沉没水下，工程兵牺牲多人，引滦河水300余公里入天津。诗云：

卢龙塞上立英雄，水下长城波影重。
滦谷清流入津海，潘家高坝当天风。
斩倭歌伴大刀舞，穿石血流长镐锋。
忠骨愿生生不息，夕阳栗枣漫山红。

全诗措辞雄壮、音节拗怒，将登览凭吊的沧桑之感、悲壮情怀表达得淋漓尽致。集中佳句如"河朔长城集，幽燕大道通"（《京北凤山远望》）、"大河流北疆，万树送苍茫"（《雨后过伊犁河》）、"飞舟云际来，江汉晚霞开"（《赴华师双一流会议》）、"幸有红颜照青史，痛留白骨补苍天"（《戊戌变法一百二十周年》）……读此可知，孙霄兵先生诗之壮美，非但在其造境之雄壮、写景之优美，更在其理想之蓬勃、精神之爽迈。读集中诗，即为先生蓬勃奋发的精神所感染。

第三，是缠绵深挚的情感。读孙霄兵先生诗，有一特别深的感触，就是他时常用"肝""肺""血""痛"等字眼，下笔极重，而用情极深。缠绵悱恻，炽热感人。并且，其情深腹痛者，不必在一己私事，而每在家国、在世道、在民心，固读其诗，令人不得不同哀惋、共沉吟。如其《黄海即事》（其三）：

> 方说此生献天下，从来天下重黄金。
>
> 誓言出口染肝热，诗酒穿肠入肺深。
>
> 千秋病痛伤寒体，百代潮流安内心。
>
> 堂庙歌吹缘福浅，江湖情意故年侵。

七律而能古直，直指人心。沉痛之余，又有萧散风致。而观其集中，如"杜鹃啼尽葬春山，痛悔悲欢零雨间"（《丙申贺春》）、"心慈容善乐今生，笔苦情真悲故国"（《自京飞渝浙辽说法》）、"奔波海角天涯路，啼血鞠躬尽瘁臣"（《过豫儋蜀都》）……莫不悱恻缠绵、笔力千钧。而集中偶为深情绵邈之作，亦极其动人。如《遇友》：

> 隔街长望即天涯，每念梦中人似花。
>
> 相遇偶然在楼角，却言去国远京华。

隔街相望已是奢望，唯剩梦中相遇，此为一层；今日何日，居然相逢于楼角，此为一层；伊人却言将作别京华，去国远游，此又为一层。二十八字间，层层翻进，情绪百转千回。偏以淡语道来，情极深，韵极远。一诗读毕，愁绪缠绕，不能自已。

集中共计一百六十余篇，徐徐展开，有少年人的美好，也有老成人的深恸；有对平生行迹的追忆，也有对家国往事的述说；有对传统诗学的敬礼，也有对新词汇、新写法的尝试……以上种种，汇聚于一部诗集之中，可谓包罗万象。尤为可感者，孙霄兵先生的写作，是极其严肃认真的。这份认真，不但在每一首诗都标注体裁、遵守体制的辨体精神；更在诗以纪事，诗以纪人，面对现实，继承风雅的崇高理想。诗词文集充满了对社会、对人生的思考，绝无空喊口号之作。《孟子》云："充实之谓美，充实而有光辉之谓大。"孙霄兵先生不是专业诗人，但他的诗寄寓平生理想，充满人性光辉，敢说真话，记录深情，是谓"大诗"。如先生言："大道聚知己，天涯起壮游。"也许，对他来说，在为教育理想、诗学理想奔波之余，写作、整理、出版这样一部诗词文集，既是对前尘的诗意总结，对同道的深切感召，更是对未来人生再起"壮游"的自我期许吧。是记。

陈 骥

二〇二〇年二月二十九日

目录

序 ·· 001

诗　集

偶感（折腰体）·· 003

甲午贺春·· 004

赞北京史家胡同小学·· 005

访大足城南中学邓辉校长（二首）·································· 006

送友人·· 007

自赤水赴大足（孤雁体）·· 008

自西宁赴青海湖（五首）·· 009

京北凤山远望·· 011

中秋前夜宿京西农家·· 012

陶然亭中秋赏月·· 013

登卢龙塞·· 014

访万象·· 015

悼汤一介师·· 016

庐山谣·· 017

沈阳浑南赴课·· 018

赠戍边亲友·· 019

甲午夜读（十一首）·· 020

咏菊·· 023

乙未感春·······································024

黄昏自京飞兰州·······························025

渤海菩提月坨岛东望（四首）···············026

登京西城楼·····································028

丙申贺春（二首）·····························029

夜访八达岭·····································030

游京东黄松峪水库·····························031

南望···032

贺张厚粲大人寿辰·····························033

赠伊犁巩留核桃沟·····························034

雨后过伊犁河·································035

赛里木湖日出·································036

与友人游大理·································037

访腾冲···038

莲花颂（续二首）·····························039

北大朗润园访乐黛云先生·····················040

丁酉迎春·······································041

贵州平塘游·····································042

感春···043

柬友···044

京中忆友·······································045

回乡感遇·······································046

题萍乡上栗金水学校·····················047

黄海即事（六首）·····························048

访花溪镇山村·································050

自南宁游花溪镇山村·························051

目 录

夏夜喜雨 ·· 052

赴华师双一流会议 ······························ 053

读《柳如是别传》（二首） ···················· 054

恋春 ·· 055

丁酉闰月 ··· 056

闻人著作 ··· 057

秋日自汉返京 ···································· 058

遇友 ·· 059

赴凤凰媒体访谈 ································· 060

白露夜自蓉飞筑家母亲迎 ····················· 061

金丝燕教授莅京讲学 ··························· 062

赴大连世界教育节 ······························ 063

游京西北宫森林 ································· 064

游六安大别山 ···································· 065

奉贤国际诗歌节听碎金词谱 ··················· 066

丁酉秋侍母再游黄山 ··························· 067

侍母姨登九华山 ································· 068

重阳西单夜步 ···································· 069

游鄂州孙权试剑石并东坡赤壁 ················· 070

自京飞哈尔滨再飞苏州会 ····················· 071

北归 ·· 072

自厦飞沪翌日返观华侨博物馆南普陀寺 ········ 073

自京飞齐川粤都 ································· 074

南京大屠杀公祭日同悼 ························· 075

访泰州 ··· 076

赠海上友人（折腰体） ························· 077

纪念毛泽东主席诞辰·························078

武汉青山现代学校口占·····················079

丁酉神州行·······························080

纪念周恩来总理···························081

访东阳中国木雕博物馆·····················082

自京飞渝浙辽说法·························083

过豫儋蜀都·······························084

观电影《无问西东》·······················085

游襄阳···································086

惜春自黔入京四十周年（孤雁体）···········087

戊戌变法一百二十周年·····················088

贵州戊戌游·······························089

戊戌雨水返燕下鄂川（折腰体）·············090

戊戌诗词书会·····························091

北大一百二十周年校庆（折腰体）···········092

送同学···································093

奉贤晚访不遇·····························094

游荆州赴中华诗人节·······················095

访泾县舒城·······························096

孟夏游泗州·······························097

自宁飞鲁游水泊梁山·······················098

秋游浙苏沪滇湘鄂粤·······················099

中秋过川皖鄂渝鲁·························100

京东秋游·································101

豫南淅川疗伤（折腰体）···················102

秋日南飞感怀（折腰体）···················103

游中国悼金庸···104

立冬南行···105

忡怆悼慕尼黑戴继强参赞··106

西湖夜游···107

涪陵有怀···108

南京大屠杀纪念日有感（折腰体）·························109

题《人类莲花文明》赠扬州文峰寺能度住持···········110

除夕己亥交春守岁··111

居庸南口扫墓··112

贺《中华诗词写作教程》定稿·······························113

北师候人···114

悼朱正琳兄（四首）···115

迎新望学···116

己亥辞灶赠友··117

感抗新冠疫··118

南中居疫（孤雁体）···119

访黔望鄂（折腰体）···120

词　集

高阳台　　重游陶然亭 ··123

蝶恋花　　初秋 ···124

望海潮　　登江阴要塞 ··125

满江红　　致仕柬友 ···126

水龙吟　　次韵刘征老贺中华诗词学会创建三十周年·········127

六州歌头　　过滇黔都格北盘江大桥·······················128

卜算子 山花情（五首）……………………………………129

忆江南 浙江美（五首）……………………………………131

蝶恋花 浙音山晚步………………………………………133

满江红 访国立西南联合大学遗址…………………134

蝶恋花 春途………………………………………………135

悼北大马欣来同学（三联）………………………………136

赋　文

张之洞亲黔记………………………………………………139

附　录

我与北大——燕园的古典诗情……………………………143

我与北大——燕园的古典诗情（续）……………………153

中华古典诗词的当代作用与功能…………………………162

近体诗"句中韵"探究………………………………………171

依法治教　步履不停——访孙霄兵……………………174

后记…………………………………………………………193

孙霄兵

古典诗词文集续集

诗集

五言绝句

偶　感（折腰体）

游翱深空里，亿年沉黑暗。
粒子如情感，飞身成碎片。

二〇一三年十一月七日

七言律诗

甲午贺春

年临除夕细梳头，华夏身经沧海流。
云涌东南舰穿峡，星升西北月登舟。
情埋落发护青主，梦洒天花渡旧游。
午夜听钟酒初醒，凝思国事倍绸缪。

二〇一四年一月三十日

七言律诗

赞北京史家胡同小学

温暖春风育幼才，树人立德感心怀。
学生成长老师累，祖国新苗全校栽。
孩子胸间存理想，家庭欢乐扫阴霾。
恩情点滴当铭记，回报中华梦未来。

二〇一四年四月十日

五言绝句

访大足城南中学邓辉校长（二首）

其一

豪情梦魂里，壮志酒杯中。

不遇江山客，九州诗赋空。

其二

赤水晴云伞，巴山夜雨衣。

不辜挚友酒，唯负丽人期。

二〇一四年四月二十日

五言古诗

送 友 人

今古道路歧，兴亡总在胸。

虎狼啸原野，鹰鸷覆长空。

秋风送国士，春服赠英雄。

热血注枯节，白骨点残红。

独身沉黑穴，孤剑舞蛟龙。

新策朝廷异，故侣山川同。

万里履痕在，九州梦魂中。

二〇一四年五月四日

七言律诗

自赤水赴大足（孤雁体）

京城飞越竹帘雨，辗转桫椤枸酱班。

发达兴亡倚东北，回生起死看西南。

方从赤水穿黔瀑，更自乌江跃巴山。

华夏烟霞种桃李，风尘吹拂两鬓斑。

二〇一四年六月二十一日

七言绝句

自西宁赴青海湖（五首）

其一

长风细雨洒青稞，碧草吹开花伞多。

天路轻扬打马舞，云滩低唱牧羊歌。

其二

逶迤飞车追白云，藏家传说汉家铭。

赤城隔断长安梦，妆镜拼成日月亭[①]。

其三

碧草青滩滴雨颗，白云浓雾洒长歌。

黄花铺满前行路，泪水流涟倒淌河。

---

① 唐贞观十六年，文成公主循青海路进藏，传说于汉藏分界处赤城摔碎帝后所赠宝镜，化作日月山。后人建日月亭。

其四

东西道路接长安，南北牛羊散雪山。

白色烟升蓝色海，绿波水涌碧波泉。

其五

天下河源青海湾，长城远出玉门关。

丝绸裙摆风中雨，油菜花飘云上山。

二〇一四年八月三日

五言律诗

京北凤山远望

昌平西关塑李自成战像，一九五八年建十三陵水库。

碧树高峰顶，明陵斜照红。

江山埋帝国，沧海立英雄。

河朔长城集，幽燕大道通。

天风吹热浪，落叶上晴空。

二〇一四年八月二十四日

七言绝句

中秋前夜宿京西农家

夜半果棚光洒栏，百花山下满秋寒。
青春儿女缘难断，红绳月老救人间。

二〇一四年九月七日

五言律诗

陶然亭中秋赏月

少年常逐日，落发更怜秋。

柳岸升风鹢，湖灯映叶舟。

闻歌怀往事，望月起乡愁。

儿女欢颜舞，谁知父老忧。

二〇一四年九月八日

七言律诗

登卢龙塞

卢龙塞位于河北迁西，现名喜峰口，为长城要隘。唐置节度使。一九三三年，国民革命军第29军大刀队突袭日本关东军。一九八二年建潘家口、大黑汀等水库，喜峰口沉没水下，工程兵牺牲多人，引滦河水300余公里入天津。

卢龙塞上立英雄，水下长城波影重。
滦谷清流入津海，潘家高坝当天风。
斩倭歌伴大刀舞，穿石血流长镐锋。
忠骨愿生生不息，夕阳栗枣漫山红。

二〇一四年九月十三日

五言古诗

访万象

　　老挝即澜沧古国。胡志明小道在老挝。越战美军轰炸投弹量560万吨，老挝560万人，人均一吨。泰国隔湄公河，史多战争。当地婚俗男方送彩礼需黄金。传乌木为古代非洲埃塞俄比亚希巴女王自所罗门王处所获。

乌木满新铺，绿枝遮老挝。

火云澜沧道，烟雨湄公河。

少女炫金饰，男儿亮电摩。

国旗镰斧动，庙宇菩萨多。

二〇一四年九月十九日

五言律诗

悼汤一介师

识一介师于一九八〇年北大课堂，后多求教。甲午中秋翌日闻讯拜别，九月十五日八宝山送行，即访东南西亚三国，途中成诗。

冬残悟春暖，夏尽感秋风。
谈笑天人合，经书世界同。
心存三代上，身在两楹中。
涕泣阴阳别，业徒问道穷。

二〇一四年九月二十一日

七言古诗

庐 山 谣

一代伟人一代风，谁凭时运论英雄。

大军征伐虎持符，抗美援朝战有功。

史记江湖胜高洁，篇章自述至情浓。

灵魂气节壮云水，瀑布胸襟起巨龙。

意满忠良落难处，身存风韵育新松。

青春转念百年度，残血滋心白发容。

弹指此生尊逝者，光阴似水永流东。

飘零烈士奠风骨，铭铸江山百姓中。

二〇一四年九月二十五日

五言律诗

沈阳浑南赴课

绿海燕飞去，青山鸟复来。

灰霾天下满，紫绶落尘埃。

白骨萦酣梦，红颜醉壮怀。

黄袍常变换，绛帐为人开。

二○一四年九月二十七日

五言古绝

赠戍边亲友

走马边陲曲，不顾红颜慕。
身死留白骨，铺作英雄路。

二〇一四年十一月十四日

七言绝句

甲午夜读（十一首）

其一

京师人海脉深沉，未读公羊何足论。

世说六经注新语，孤城雨夜独掩门。

其二

缘由久问诉寒心，太庙归来诵佛经。

敢惜歌诗哭热血，漫燃图史烛幽冥。

其三

寰海学人传教辞，搜肠刮腹撰青词。

英雄气节秋风赋，夫子襟怀夏雨诗。

其四

书卷风华意气多，江山泪眼望婆娑。

金封玉版广陵曲，神苑仙家大雅歌。

其五

群书难铸化龙池，孤读只因心鬼驰。

梦蝶遇麟千古卷，笑言泪语百家辞。

其六

板荡海天传胜闻，风云文牍正招魂。

翻身隐入长安雾，不计人间有醉痕。

其七

报国攀关血铸魂，乘桴游海梦牵情。

苍颜歌绕云山路，白发著书当养生。

其八

晴昼风烟经法典，夜深灯火幻图史。

豪情久伴潮音去，苦诵经书将孺子。

其九

梦寐烟云染酒痕，风花月雪聚书神。

紫箫沾血衣沾泪，青竹盼秋树盼春。

其十

少年仗剑恃轻生，壮岁沉香凝重臣。
碧海叠楼垂绛帐，苍山寒食踏青人。

其十一

挚友笑言性命孤，风云重构亚欧图。
江山花朵丹青路，沧海红颜锦绣符。

二〇一四年七月二十五日至十二月十二日于宣武樱园

七言律诗

咏 菊

荷戟披锋度此生，重重色瓣计谋深。

发丝仪表露沾骨，谈吐飘摇雨浸衾。

岭雪云山共沉醉，林花溪水独寒心。

谁言君子清高苑，一寸秋风一寸金。

二〇一五年二月十五日

七言律诗

乙未感春

青山早慧救时心，白首晚成忧患惊。

屡见王侯成腐土，方从法政育精英。

民心须看收成好，国运唯凭学识争。

风雨春秋辨真伪，人间冰雪鉴书生。

二〇一五年二月十八日

七言律诗

黄昏自京飞兰州

斜日西飞翼未停，燕峰秦岭陇连横。

长虹远挂青春意，云海波流诡谲情。

救世音谁问今谱，才华风雅颂终生。

穆王历尽投荒苦，阿母心灵信赤诚。

二○一五年八月十一日

七言律诗

渤海菩提月坨岛东望（四首）

　　渤海，旧称北洋，有菩提月坨岛东向。乙未国庆侍母游，见驻军遗痕、佛寺残迹。夜宿不寐，念甲午战后，内藤湖南等文明自许，见其游清七律，作诗以论。飞凰，出自郭沫若《凤凰涅槃》。

其一

叹息百年梦已空，菊花徽帜艳阳风。

东京命运小航母，西汉文章太史公。

列岛夜谭南海梦，空天昼演北群功。

古今战国多鹰鸷，王道止戈笑挽弓。

其二

诗经音韵播东风，暮霭沉沉瀛海空。

千载原传秦骨肉，百年纷出汉英雄。

血涂本草配新伍，菊献牺牲颂旧戎。

合纵连横焚书简，高堂白发泣形容。

其三

当年芦苇倍凄凉，满面泪流国未亡。

白骨雷霆七日起，青松琥珀八年藏。

敢将碧血洒沧海，自剖丹心向太阳。

孤岛苍茫神庙毁，九州儿女诵诗章。

其四

日出扶摇息饲桑，琉球民俗每亲唐。

师从华夏百家美，徒慕春秋诸子香。

东海昔沉泪精卫，西山今浴火飞凰。

楚歌齐唱闽南屿，风雨共和救北洋。

二〇一五年十月三日夜稿于月坨岛，十月二十二日改于清华园

登京西城楼

望尽九州历尽愁，白头爱恨细深筹。

为民能忍千般辱，报国常蒙万种羞。

君子王风新世道，小人诬告乱潮流。

地生社稷藏狐鼠，天佑中华除寇仇。

二〇一五年十二月十日

七言律诗

丙申贺春（二首）

其一

灵猿啼断望春山，翠柏苍松雨雪缘。

青史情深怀黍稷，黄粱梦熟起炊烟。

才华难尽文章美，家国正须堂庙廉。

沧海红尘育百姓，故乡白发醉千泉。

其二

杜鹃啼尽葬春山，痛悔悲欢零雨间。

姜后佑生履敏娩，周公佐国颂诗还。

秦皇铜鼎焚神简，楚客金鞭裂帝棺。

梦境黄粱酿百酽，故乡绿麹醉千官。

二〇一六年二月七日（除夕）

五言古诗

夜访八达岭

峡谷长城里，风吹残雪响。
仰天观夜象，群星纷上网。

二〇一六年二月十八日

七言绝句

游京东黄松峪水库

京东长路尽连云，燕岭春田梯次青。
黑土一坡黄一树，半湖绿水半湖冰。

二〇一六年二月二十七日

五言古绝

南　望

千秋离别史，无尽相思苦。
宁愿无情恨，免写长门赋。

二〇一六年三月七日

七言律诗

贺张厚粲大人寿辰

张厚粲大人为余祖辈，学成于辅仁大学心理系，以诗奉寿。

夏日缤纷客登楼，天涯望尽故神州。
人生万感落残蕊，风骨百年凝晚愁。
恋爱风情欢麝兔，寂寥心境病蜉蝣。
掌门家庆海山寿，举酒高歌强国谋。

二〇一六年五月一日

五言律诗

赠伊犁巩留核桃沟

群岭滋青草，满山铺白云。

雀声树丛出，人语雾中闻。

桃杏泉边落，蔷薇崖壁芬。

北疆河谷美，百族共欢欣。

二〇一六年八月一日

五言律诗

雨后过伊犁河

伊犁河发源于天山汗腾格里峰，西流哈萨克斯坦。按一八八一年《中俄伊犁条约》，中方割让伊犁以西七万多平方公里国土。

大河流北疆，万树送苍茫。

山碧夕阳远，云蓝雪浪凉。

弦歌登紫塞，血汗植黄粱。

离国诀亲友，画图梦故乡。

二〇一六年八月二日

五言律诗

赛里木湖日出

伊犁博乐赛里木湖海拔 2071 米，面积约 453 平方千米，为中华最高冷水湖，西距哈萨克斯坦百余里，湖水微咸可饮。

北斗降湖面，南箕照大荒。

盐花拍足响，沙雨滴额凉。

东海点神火，西天亮殿堂。

峡云开谷径，鱼脊露鳍梁。

二〇一六年八月三日

五言律诗

与友人游大理

　　天山兄自京挂职，襄理木铎。余等转道伊犁来访，采蘩而作。

　　　　南诏彩云久，西行饮客愁。

　　　　苍山接城郭，洱海送帆舟。

　　　　大道聚知己，天涯起壮游。

　　　　英才出庠序，名教播春秋。

　　　　　　　　　　　　　　二〇一六年八月四日

访 腾 冲

山高黎贡白云长，月落盈江翡翠凉。
千载诗书续吟诵，八年抗战改沧桑。
英雄殉国植碑刻，君长斥仇传报章。
古朴乡村惜耕读，风烟文武尽忠良。

二〇一六年八月六日

莲花颂（续二首）

其一

群山风蚀刻流年，花朵轮回谁可怜。

游子萍踪遍丝路，两河葱岭接燕然。

其二

大流士杖化①沧桑，小薛西斯履日光。

尘世肉身谁不死，手持莲朵上天堂。

其一写于二〇一六年十一月二十一日伊斯法罕

其二写于二〇一六年十一月二十二日德黑兰

① 杖化：《山海经·海外北经》："夸父与日逐走，入日；渴欲得饮，饮于河、渭；河渭不足，北饮大泽。未至，道渴而死。弃其杖，化为邓林。"大流士常一手执莲，一手执杖。薛西斯王，大流士子，波斯波利斯山崖上有其逐日雕刻，不知其年。

七言律诗

北大朗润园访乐黛云先生

故园空谷绣檐涧，画栋琳琅玉柱高。
雪满未名竹璎珞，冰封朗润树琼瑶。
冻枝月季埋红籽，暖阁水仙抽碧条。
寂寞英雄醉书简，风云女史笔逍遥。

二〇一七年一月二十一日

七言律诗

丁酉迎春

春侵梅竹泛新寒，冷暖江山许旧缘。
苦候长生识今古，笑谈易代换神仙。
挂冠风骨庙堂远，垂帐诗书庠序传。
两袖霜衣负家国，一双草履走云烟。

二〇一七年一月二十七日

五言律诗

贵州平塘游

天眼高原路，黔南油菜山。
休暇胜游远，盛世众芳攀。
仙客云蒙雾，书生梦域寰。
春苗滋嫩翠，星影满人间。

二〇一七年一月三十一日

七言绝句

感 春

百战归来残血红，勉从勋业说英雄。
江湖家族庙堂业，不胜春秋庠序功。

二〇一七年二月十二日

柬 友

燕北紫云重，淮南青草茸。

冬泉润梁栋，春雾暖杉松。

阶下白莲渡，楼头易水风。

长歌沥心血，点染眼唇红。

二〇一七年二月十四日

五言律诗

京中忆友

初遇相知路，夕辉照海风。

北燕风雅客，南粤粉英雄。

烽火长城柏，冰霜梅岭松。

中华珍丽饮，独醉壮怀胸。

二〇一七年二月十四日

七言律诗

回乡感遇

不惜高风为国耻，移情改调换相思。

未离未弃维新爱，逢友逢仇恋旧知。

贪仕聚财传假誓，天才作宦变真痴。

群言难醒百年梦，自拜平生千座祠。

二〇一七年三月二十八日

五言律诗

题萍乡上栗金水学校

夏令过南楚，情留上栗乡。

青峰凝松脂，金水落枫香。

赤版筑高宇，橙云绕曲廊。

家贫出才子，国富育新梁。

二〇一七年五月六日

七言律诗

黄海即事（六首）

其一

闲来黄海静听涛，白发孤臣心路凋。

沉骨招魂星入水，埋沙造影月升潮。

欲存断梦续离侣，方住新村恋旧寮。

环宇烟波初耳顺，风云气息暂飘摇。

其二

举案齐眉静夕辉，问天论地欲何为。

出山不学汪精卫，投水宁从王国维。

痛忆戊戌空有策，悔从辛丑误传师。

青春谱系誓家国，零落光阴望海池。

其三

方说此生献天下，从来天下重黄金。

誓言出口染肝热，诗酒穿肠入肺深。

千秋病痛伤寒体，百代潮流安内心。

堂庙歌吹缘福浅，江湖情意故年侵。

其四

休言晚景已凄凉，青春往日更猖狂。

自由长赖满街富，民主短须轮作王。

硬挺甜根香毒草，软埋苦果醉偏方。

如今烈焰围寰海，能胜中华霾雾场。

其五

从来美女不天真，颜色何能长伴身。

莫怪难知前世侣，只缘错认梦中人。

师徒信手著书史，巫祝流言证鬼神。

何日明堂点篝火，燃尽今朝烟雨尘。

其六

撒野从来似撒娇，善人每受害人嘲。

涛声满海闪雷电，雨幕遮丘湿草茅。

高挂网箱传蟹饵，暗分舟艇捕鱼苗。

船头方得半生稳，谁算江山来闯巢。

二〇一七年五月二十七日烟台始作

七言律诗

访花溪镇山村

雨滴尖峰穿洞穹，大河涌出万山丛。
密林开合花藏箭，秘路蜿蜒蛇绕弓。
村寨苍姑闪裙饰，坝场青酒赧颜容。
舞美歌繁民族节，情纯言朴布依风。

二〇一七年六月二十二日于贵阳

五言律诗

自南宁游花溪镇山村

　　贵阳花溪镇山村为布依族聚居地，有布依族庙碑、砦垒及博物馆。百越人培育粳稻，为世界稻类之源。布依为百越后裔，与壮族同源。

心远大荒外，身随群鸟游。

青峰牵直树，绿叶隐方舟。

残垒晨霜巷，孤村夜雨楼。

踏歌传百越，香稻播千秋。

二〇一七年六月二十二日至二十三日于贵阳至银川至北京途中

五言律诗

夏夜喜雨

京城连夜雨，思绪断燕山。

错爱平生旱，情纯诚意还。

安民盼天水，救命滴膏丹。

活力为儿女，明朝籴谷廛。

二〇一七年六月二十三日于北京惠新桥

五言绝句

赴华师双一流会议

飞舟云际来，江汉晚霞开。
杜若汀州满，华章起壮怀。

二〇一七年七月七日于武昌

七言绝句

读《柳如是别传》（二首）

其一

百年孤独自名扬，风致佳人顾盼长。

儒释道耶通读后，谁知晴日出东方。

其二

家世诗翁学术场，只拳扳指数文章。

大夫风节传说尽，并蓄兼容问蔡郎。

二〇一七年七月九日

五言律诗

恋　春

岭雪意初起，荒村孤涧寒。

斜风霜蕊远，急雨乱山残。

青伞挽知己，红醪醉客颜。

飘零岁月渡，前路在花间。

二〇一七年七月十七日

丁酉闰月

陈年命数古神州，家国恩仇念旧游。

先辈纠缠史清洗，我侪功业泪绸缪。

学人著述渐民主，百姓温存微自由。

喋血风云毁天下，海原丝路救环球。

二〇一七年七月二十六日于成都

五言绝句

闻人著作

跳出千家外，不存百姓中。
谈笑春秋笔，身心华夏风。

二〇一七年八月七日

五言律诗

秋日自汉返京

长城云带雨，天下梦归秋。
游宦止宫禁，江湖萌爱仇。
幽兰浼湘浦，遗哲萎沧洲。
尘世悾忡苦，功名莫久留。

二〇一七年八月十五日

七言绝句

遇 友

隔街长望即天涯，每念梦中人似花。
相遇偶然在楼角，却言去国远京华。

二〇一七年九月一日于京沪高铁车中

七言绝句

赴凤凰媒体访谈

东城尽处起朝阳，慧鸟先飞成凤凰。
家国辛勤三十载，民庠乡序构新梁。

二〇一七年九月三日于京

五言律诗

白露夜自蓉飞筑家母亲迎

明月挂苗岭，夜空云树烟。

电光闪尘海，热泪降乡关。

孟母春衣暖，法门秋简寒。

风霜家国路，白发照青山。

二〇一七年九月六日

五言律诗

金丝燕教授莅京讲学

佛脉别离久，帝都女史空。

燕园晓风绿，赛纳夜波红。

天竺梵音美，隋唐韵律丰。

东归释经典，花雨闪惊鸿。

二〇一七年九月十日

五言律诗

赴大连世界教育节

夏雨洋流壮，秋风瀚海春。

鲲鹏伴仙侣，道义结芳邻。

教化生乡学，圣贤良苦辛。

麒麟亲故国，华夏重人伦。

二〇一七年九月二十八日

五言律诗

游京西北宫森林

北宫群岭艳，风骨喜临秋。

叠嶂红枫树，流泉紫竹楼。

偶思金阙遗，漫忆玉疏愁。

松柏生平瘦，烟云胜冕旒。

二〇一七年十月三日

五言律诗

游六安大别山

绵延大别山，竹树织青帘。

歧路铜锣寨，孤峰白马尖。

云生淮汉湿，雾降楚庐炎。

风雨中原路，斛枝野柿甜。

二〇一七年十月七日

五言律诗

奉贤国际诗歌节听碎金词谱

群贤集名世，春梦度秋游。

诗冠六经首，歌抒百姓愁。

西天怀北骑，东海望南洲。

唐宋风云散，倍珍吟谱留。

二〇一七年十月十日

五言律诗

丁酉秋侍母再游黄山

黄山多皓颜，苍路漫青烟。
树饮云中露，峰滋雨后鲜。
雾留人剪影，缆荡客飞仙。
栎杖探芝药，松针落石泉。

二〇一七年十月十九日

五言律诗

侍母姨登九华山

作恶下层狱，牵亲上九华。

春晖怙慈粒，秋熟子孙霞。

白发悲欢旅，红尘姐妹花。

忠廉身报国，孝顺福齐家。

二〇一七年十月二十日

七言律诗

重阳西单夜步

四十年新北大生，帝都烟雨铸忠臣。

亲朋爱侣半成鬼，心瘁血枯犹是人。

雾降星升金水岸，风吹叶落紫光宸。

青春梦境倩谁共，天下长安夜继晨。

二〇一七年十月二十九日

五言排律

游鄂州孙权试剑石并东坡赤壁

长江锁已焚，魏蜀昔攻输。

正统谁分合，兵锋聚鄂都。

烟云吴帝冕，玉玺汉皇枢。

赤壁传诗赋，青山遗剑图。

父兄血书史，荡子性娇姝。

家暴毁亲故，国衰万骨枯。

二〇一七年十一月五日

五言仄律

自京飞哈尔滨再飞苏州会

欧亚名师课，中华人海节。

冰凇冻北野，葳蕤芳南国。

大鹏双翼振，不畏关山雪。

喜遇青春友，爱时空跨越。

二〇一七年十一月十日

五言律诗

北　归

岭雪长城起，高宬史笔环。

并刀断易水，越羽梦燕山。

青伞井陉道，白衣函谷关。

人生风雨幸，霜雪润红颜。

二〇一七年十一月十九日

五言律诗

自厦飞沪翌日返观华侨博物馆南普陀寺

浦东碧云晚，鹭岛白沙沉。

岭抱红花暖，海涵蓝浪深。

悯生佛音路，爱种旅侨心。

夜步怀柔友，松风雨滴襟。

二〇一七年十一月二十五日

五言律诗

自京飞齐川粤都

少年不入川，鲁莽越烟峦。

湖海鸳鸯易，庙堂鹰隼难。

东坡儋耳表，太白夜郎翰。

齟齬分流饮，鹡鸰一树安。

二〇一七年十二月三日

七言律诗

南京大屠杀公祭日同悼

中华史鉴屠城罪，日本空传佛教门。

富士山藏菊妆刃，金陵土润雨花棺。

善邻未揭天皇丑，恶鬼复摇军部幡。

强国梦萦民族祭，泪醒阎罗酹冻魂。

二〇一七年十二月十三日

七言律诗

访 泰 州

泰州籍梅兰芳先生抗战留胡须卖画罢戏，崇高气节。共和国海军成立于泰州。

冬景长江两岸诗，梅园兰落忆芳姿。

拒伪美女须存画，留日文豪心念姬。

蓝水云帆步瀛海，红星群岛变旌旗。

南唐帘外罗衾雨，北宋榻旁贺胜师。

二〇一七年十二月十九日

五言律诗

赠海上友人（折腰体）

浦江日色明，林海石岚清。

名校出才识，美园开彩樱。

对镜照新烛，隔溪闻早莺。

前程数歧路，相见更同鸣。

二〇一七年十二月二十四日

七言律诗

纪念毛泽东主席诞辰

苍龙升日风云美，华夏江山创纪年。
著作马恩列经典，精神孔孟易源泉。
人民骨血救家国，天下和平法圣贤。
情醉红楼梦瀛海，弦歌乐府集神仙。

二〇一七年十二月二十六日

七言绝句

武汉青山现代学校口占

休说书庠穷困池，公民孕育少年时。
教师名誉千金尺，学苑风华万树芝。

二〇一七年十二月二十七日

七言律诗

丁酉神州行

天上名楼献玉身，庙堂挥袖聚红尘。

鼓呼疾瘼腓生翼，零落椿萱腰惭金。

湖海檄文兰契冷，江山显影鬼神亲。

狂歌哭笑美人舞，南北中原血泪吟。

二〇一七年十二月三十一日

七言绝句

纪念周恩来总理

嶙峋瘦骨胜孤松，相忍为民隐蛰龙。

救世深恩谁可比，释迦墨翟拟从容。

二〇一八年一月八日

五言绝句

访东阳中国木雕博物馆

天堂魂积木，生命树相思。
华夏神灵美，人文荟萃祠。

二〇一八年一月十三日

七言仄律

自京飞渝浙辽说法

梅香渝北温泉叠，花发辽东寒树雪。
社姆神仙居岘峰，歌山画水括苍月。
心慈容善乐今生，笔苦情真悲故国。
守法臣封万户侯，勤劳民积千秋业。

二〇一八年一月十四日于沈阳

七言律诗

过豫儋蜀都

举世飘零病痛亲，九州处处送离人。

河驱秦晋添风土，江漫楚淮蒙雪尘。

天纵才华歌雅颂，命承廊庙典温纯。

奔波海角天涯路，啼血鞠躬尽瘁臣。

二〇一八年一月二十二日于成都

五言律诗

观电影《无问西东》

壮士入云去，长空霞彩归。
青春挥别后，家国应无违。

二〇一八年一月二十七日

五言律诗

游 襄 阳

汉水英雄堞，岘山习氏祠。

登基封将相，历代选歌诗。

毁誉千秋迹，兴亡百姓知。

襄城风物美，遍地古相思。

二〇一八年二月四日

七言律诗

惜春自黔入京四十周年（孤雁体）

北游缺语壮心寒，燕学屠雕许忘年。
烟雨蓟门注金水，松风晋寺接云泉。
千重故阙环瀛海，万里长城入雪山。
朝夕功名化霜露，俯朝黄土仰朝天。

二〇一八年二月九日凌晨于咸阳

七言律诗

戊戌变法一百二十周年

功败垂成剧可怜，抛颅洒血践先贤。

救民板荡瓜分地，强国维新梦醒篇。

幸有红颜照青史，痛留白骨补苍天。

江山社稷流亡路，沧海春秋起义船。

二〇一八年二月十六日于贵阳

五言古诗

贵州戊戌游

重游阳明洞，新过息烽牢。

丹寨银辣妹，青岩花仡佬。

牂牁都九黎，涿鹿祖三苗。

碧野蚩尤血，红枫天下潮。

二〇一八年二月十八日

七言律诗

戊戌雨水返燕下鄂川（折腰体）

严冬望雪感流寒，泪眼游春万萼环。

别梦离群醉风月，初心盼爱醒尘寰。

垂帐红颜飘逝水，鼓琴白首映空山。

长歌沥血泣孺子，斗酒壮行烟雨还。

二〇一八年三月十三日

七言律诗

戊戌诗词书会

华夏诗心才涌泉，江山壮美起歌缘。

美人镜月风花诱，壮士雪霜弓马怜。

音凝教坊唐宋乐，声怀塞外汉胡弦。

情同格律景同美，古韵染深逐梦笺。

二〇一八年四月十二日

七言律诗

北大一百二十周年校庆（折腰体）

　　闻将四十年后返校，七八级陈宝生校友嘱余赋诗，感念同心。

百年风雨百年松，燕语呢喃燕翼丰。
一代诗书歌独秀，三朝儒道释兼容。
青塔湖藏民主笔，红楼月映自由钟。
神州长夜相思梦，秋骨春魂热血踪。

二〇一八年五月三日

五言古诗

送 同 学

落日江湖远，燕园谈笑风。
未名辞别意，长存湖畔松。

二〇一八年五月二十日

五言律诗

奉贤晚访不遇

　　二〇一八年六月二十二日晚赴友邀于徐汇雨中问路打的，遇陌生女孩为余撑伞约车，并垫付 200 元车费，未留姓名及联系方式，而友竟拒电失联。芸芸众生，妍媸自显。

雨夜他乡信，华亭陌路人。

情兄多壮胆，美妹少孤珍。

京久思亲切，沪殊访客真。

善淳多雅集，尘世莫纤身。

二〇一八年六月二十三日于返京车中

七言律诗

游荆州赴中华诗人节

荆州，楚故郢都。楚顷襄王十九年（公元前278年），白起拔郢，屈原投江，楚王迁陈。一五七一年，邑人张居正幼名白圭执政。今为历史文化名城。

长江名节在荆州，浩荡诗魂万古流。

沉郁情怀屈子赋，苍生功业白圭楼。

郢陈风雨故都梦，楚汉烟云壮士秋。

香草美人吟诵畔，雪涛涌动夕阳舟。

二〇一八年六月十八日（端午节）

五言律诗

访泾县舒城

　　泾县云岭为一九四一年前新四军军部驻地，近桃花潭，游之神怆。

皖南英烈墓，天下赤旗真。
潭静桃花水，山深云岭榛。
亲流血开国，儿献身为民。
岸阁踏歌去，千秋忆故人。

二〇一八年六月二十九日

七言律诗

孟夏游泗州

　　楚虞姬汉戚姬均葬于汴水侧，近大泽乡、霸王城、垓下围。汴泗河道交错，隋建通济渠，元开大运河，今修高铁站。白香山《长相思》云：汴水流，泗水流，流到瓜州古渡头。泗县中学树法治廊，诵宪法课，观之感慨。

　　　　汴泗城楼云水丰，中原烟雨济淮东。

　　　　隋皇彩帜舞龙脉，元帝金鞭策马功。

　　　　虞戚裙裾珠玉紫，项刘剑鼎血脂红。

　　　　少年吟唱千秋法，呼啸铁车华夏风。

二〇一八年七月十二日

五言古诗

自宁飞鲁游水泊梁山

晨晖起银川，夜雨滴泰安。

绿树塔为侣，青峰云作冠。

痛饮黄河曲，醉卧贺兰山。

一世英雄骨，飘零天命坛。

二〇一八年七月二十九日

五言律诗

秋游浙苏沪滇湘鄂粤

长江霖雨落，重峡雾岚来。
岁月灯燃笔，风云人尽才。
登高赋沧海，望岳壮襟怀。
华夏苍生路，渐随霜叶开。

二〇一八年八月二十六日

五言律诗

中秋过川皖鄂渝鲁

有感时事，维京蛮裔，无礼同胞。道德法律，诸国大同。人间礼遇，华夏精粹。孔子云："一日克己复礼，天下归仁焉。"颍州西湖，北宋胜景，欧阳文忠公《采桑子》咏之。

赤县高台上，圣贤千古寒。

湖星带秋水，海日满东山。

宗庙血缘谱，诗书家国翰。

蛮荒风雨足，礼义惜凋残。

二〇一八年九月二十八日于阜阳至烟台途中

五言律诗

京东秋游

紫气蓟城堞，白云神峪堂。

逍遥山水碧，摇曳柿槟香。

国运积今古，民生诰典章。

烽台垂栈道，羽骑望渔阳。

二〇一八年十月一日于怀柔蓟县途中

五言律诗

豫南淅川疗伤（折腰体）

淅川位于鄂豫陕交界，为南水北调源地。传达摩祖师口渴杖地出泉，至今清甜直饮，注丹江引京。荆紫关汉光武驻兵，李闯王争战。方城大乘山唐普严寺住持隆正赠开光手串，枯笔留影！有名医舌下除栓奇效。

荆紫关山古，鄂秦豫寺多。

丹江注燕赵，泉眼出达摩。

金刃引红露，银针闪白河。

心骨生民累，中原问华佗。

二〇一八年十月七日于南阳

102

七言律诗

秋日南飞感怀（折腰体）

十月十四日赴河北青龙扶贫，回京见异常天象。

人生不苦不知难，血染诗篇泪染颜。
劫后青春无处悔，梦中家国有时艰。
万里云程涌为海，百年履印叠成山。
相思泣尽天涯旅，风雨书声留世间。

二〇一八年十月二十一日于三亚至昆明途中

七言律诗

游中国悼金庸

经年已是历穷途，天下才华彩笔殊。

浮世从来稀岁月，情仇每日渐江湖。

九州著作千夫立，万代王朝百姓输。

英雄惜别风云诀，夷夏更无剑侠书。

二〇一八年十月三十日于京北

七言律诗

立冬南行

晨光弥漫洒征尘，落荚残花满路金。
为报倾城朝夕爱，敢酬谋国笑谈心。
山河晚照松枫舞，风雨夜鸣钟鼎音。
海岛苍烟虹未起，帝都碧阙血深沈。

二〇一八年十一月七日

七言律诗

忡悾悼慕尼黑戴继强参赞

戴继强参赞与余青春共事，突闻病殁，能无悲乎？

青春西学降霜天，耄耋谁凭慧圣贤。
危阁笑谈灯挂颈，新章泪赏笔插肩。
德文本自思如海，汉语源来韵似泉。
欧亚飞鸿未相见，音容痛忆涕流笺。

二〇一八年十一月二十日晨

五言律诗

西湖夜游

明月隐西湖，波光跃尺鱼。

人游灯远近，叶落塔空虚。

遗恨残桥树，留情故国蕖。

黔夫耕读晚，越女捣衣初。

二〇一八年十一月三十日

五言古诗

涪陵有怀

夜游重庆涪陵，观乌江长江交汇。父辈多经此地，有感而发。

西南征战地，亲友故家乡。
巴岭垂苗岭，乌江叠长江。
春山种心血，秋路举孤光。
富贵淡人性，清廉极健康。

二〇一八年十二月二日

七言律诗

南京大屠杀纪念日有感（折腰体）

白骨沉江流积峡，黄泉化鬼铸深仇。
丑华招伎背时尚，精日窥堂认罪羞。
国存千耻公知詈，民有万邪野史收。
礼仪神州愤当世，誓言泪血报春秋。

二〇一八年十二月十三日

五言古绝

题《人类莲花文明》赠扬州文峰寺能度住持

相识有佛缘，京扬辛苦连。
来日盼携手，同游莲花园。

二〇一八年十二月十八日

七言律诗

除夕己亥交春守岁

风烟爱恋欲新投，星月鬼神各有州。

冰雪河山英烈骨，莲梅宫殿美人丘。

天罗基站任飞碟，海网刑庭梦晚舟。

普世招魂谁祭酒，杯中家国醉殷忧。

二〇一九年二月四日

五言古诗

居庸南口扫墓

晨云滴天水，轻雾绕高山。

松柏经霜净，樱桃入雨斑。

相思犹万里，离别已千年。

一抔长城酒，含泪酹红颜。

二〇一九年四月六日

七言律诗

贺《中华诗词写作教程》定稿

楚鼎燕钟惜交融，天音绣度韦编丛。

流沙雪映昆仑月，蟠木霞升瀛海虹。

曾集涓埃酬古国，终留辞赋值深宫。

江河曲尽碎金谱，庠序春秋雅颂风。

二〇一九年四月二十日

七言绝句

北师候人

夏日薰薰夕照迟，佳期心遇已移时。
无由听得校钟缓，锦鲤轻盈笑语丝。

二〇一九年七月三日

五言绝句

悼朱正琳兄（四首）

其一

世间生命贵，纵论道难同。

学谊卅年断，雄谈一梦空。

其二

生天羞促膝，逝夜痛无穷。

孤客霜风节，飘飞云水中。

其三

北大数英杰，孙山名落风。

悲歌美人诵，焚骨广寒宫。

其四

秋残荷落泪，化作苦莲蓬。

谁赎万金铸，情倾旧雨钟。

二〇一九年十月二十四日

七言绝句

迎新望学

九都芳树驻灵芽，冬末春风起雪涯。
名校爱师亲慧籽，经霜儿女早开花。

二〇一九年十二月三十一日

七言律诗

己亥辞灶赠友

花草虫鱼天下谋，骨添足印血添筹。
钟情同忆河山爱，涉险共分家国忧。
敢献永生归雅颂，终牵帝子赋周游。
倾盖红颜许知已，白头妆典故貂裘。

二〇二〇年一月二十四日

七言律诗

感抗新冠疫

雷火英雄骨血浓，繁华梦疠海天融。
国殇飞檄竞先死，美誉投刊失首封。
伉俪汉江蝙蝠女，婵娟越岭鹤龟翁。
书生肝肺痛医世，口罩河山告幼童。

二〇二〇年二月八日庚子元宵夜于黔中

七言律诗

南中居疫（孤雁体）

杪椤根茎入药，称飞天蟆螂，祛风杀虫解毒。

望梅听雨卧群山，穿隙春风捧滴丸。
林际羽鳞谁瘴疠，人间饕餮自伤寒。
中原芍药芯垂泪，苗岭杪椤根炼丹。
梵净相思无尽藏，黔灵读史泣红颜。

二〇二〇年二月十二日于贵阳

七言律诗

访黔望鄂（折腰体）

　　猴场、江界均为黔南（地理黔北）著名景区，当年红军征战要地。瓮安有东汉书院、辞赋乡风、建安遗韵，疫轻访学，不亦雅乎？

春睡醒来计往年，悬心千阙百城沿。

赴医慷慨身承命，抗疫深沉血浸褰。

世变风波镜前挽，爱经悔恨梦初怜。

天病伤怀忧渐远，牂牁花海种黄连。

二〇二〇年二月二十六日于瓮安黔山进士楼至一牂牁楼

孙霄兵

古典诗词文集续集

词集

（附联三则）

高阳台　重游陶然亭

　　宣武陶然亭有高君宇石评梅墓。一九八一年冬，余将北大毕业，与李潘二同学游，不觉三十三年矣。

晴昼绿荫，画廊翠阁，春风杨柳画船。
爱侣英年，情魂生死缠绵。
石桥迤逦笙歌起，伴纸鸢，飘上蓝天。
似当时，醒世报刊，救国诗篇。

名园梦断江湖老，念烟云洗尽，海内尘缘。
书简飘零，谁怀知己天边。
孤独身化长风去，总赢来，叶润花繁。
碧波怜，谢了白莲，褪了红颜。

二〇一四年五月十七日

蝶恋花　初秋

秋光不觉悄然度。望尽关河，零落总无数。
黄叶枝头垂碧露，青山映照残红树。

秋歌冉冉芳华暮。回首风云，泪眼同相诉。
天际夕阳明灭处，江湖即是归家路。

二〇一四年八月二十日晨于贵阳

望海潮　登江阴要塞

二〇一六年四月二十八日下午，余参加社科院法学所普法会，顺访江阴炮台及纪念馆。一九三七年八月十六日，日海军侵江阴要塞，"出云"号旗舰近岸。中国海军奋起抵抗，海空大战，全军覆灭。身登战垒，凭吊有感。

青山遮眼，长江排浪，铁桥横跨天涯。
废炮锈栓，断壕残垒，血花融入黄花。
忠骨发新芽，伴绿芦苦竹，白鹭乌鸦。
烈焰焚身，千军百舰坠寒沙。

南来北客寻暇，访高台史馆，近岸渔家。
红袖素衣，苍颜白发，英魂共享年华。
风阔大旗斜，望蓝空塔吊，碧野桑麻。
堤雨初晴，晚云飘远展轻霞。

二〇一六年四月二十八日

满江红　致仕柬友

谈笑人间，又见得，王侯零落。

公门路，一朝醉入，终生灵囿。

附凤攀龙身免疫，求田问舍心旌绝。

家国谋，天下愧书生，倍情切。

堂庙泪，浓似血；庠序骨，洁如雪。

铸江山简牍，风云笔墨。

功业虽铭华夏谱，人情不尽春秋学。

系韦编，迷梦引飞升，茧成蝶。

二〇一六年十一月于惠新桥畔

126

水龙吟　次韵刘征老贺中华诗词学会创建三十周年

词人寂寞千年，谁听沧海同心曲。

邯郸客梦，崆峒侠旅，潇湘夜雨。

大道弦歌，天涯绛帐，乐章门户。

更名山传谱，风云吟诵，沉鱼丽，落鸾足。

九牧谷生嘉树，渐芳龄，花妆国土。

百越水荷，长城月季，昆仑种玉。

杨柳别离，关河功业，知音兰杜。

汇珍珠尺素，旗亭竞献，春秋笔，江山赋。

二〇一七年三月六日

六州歌头　过滇黔都格北盘江大桥

　　都格北盘江大桥跨滇黔界，长一千三百余米，桥面至江面垂直距离为五百六十五米，为世界第一高桥，二〇一六年十二月二十九日通车。丁酉初二，余与家人自贵阳长驱登桥。高原路遥，谷深无底，桥横如纸。远景山水如画，云烟缭绕，望之欲坠。独余徒步穿桥，群车震颤，风吹身飘，警员督促速离。长调以纪。

　　高桥惊世，横峡断天风。
　　荒原冻，崇岭纵，瀑流轰，关河溶，落日晚霞涌。
　　峰峦碰，溪泉送，桃杏奉，杜鹃迸，屹苍松。
　　雾霭朦胧，石乳滴深洞，山水峥嵘。
　　蚺蛇盘大道，陵谷响洪钟，筑路晴空，数英雄。

　　看蓝图动，伸飞拱，钢臂耸，斜拉弓。
　　合地缝，穿崖硐，鬼神融，展鲲鹏，跨越滇黔梦。
　　醒民众，聚亲朋，脱贫痛，输辎重，利边戎。
　　村寨学童，雏羽翔龙凤，家国挺胸。
　　铁车喷烟雨，血汗出奇功，云漫长虹。

二〇一七年三月二十日于贵阳

卜算子 山花情（五首）

其一

我少山花开，我暮山花谢。

无论山花谢与开，化作相思血。

我少山花繁，我暮山花歇。

无论山花歇与繁，留下同心结。

其二

死葬爱情山，生浴爱情水。

水水山山都为情，不会为情悔。

生是爱情人，死是爱情鬼。

死死生生为爱情，生死都含美。

其三

初见即相思，相别忆相遇。

合合分分汇此生，风雨几相聚。

相聚慰相思，相盼长相聚。
别别离离成世间，悲喜相思季。

其四

心走千山累，流下千行泪。
汗水流涟泪水干，身对山花醉。

眼见春花碎，又见春花妹。
千朵春花落妹身，身染春花味。

其五

方欲怕人说，又怕无人晓。
一往情深独自藏，独自使人恼。

不说恐言迟，说了恐言早。
早晚天公真惜人，终让言情好。

二〇一七年五月三日于重庆

忆江南 浙江美（五首）

丁酉夏日，全国高评委于浙江音乐学院召开会议，参观有感。

其一

浙江美，最美莫干山。

杉柳藤萝连竹海，百家屋顶起云岚。

名胜冠东南。

其二

浙江美，最美是钱塘。

以国为家留步履，平生心血染清霜。

风雨近高堂。

其三

浙江美，最美是西湖。

佳丽英雄才子梦，风雨江山情侣图。

烟柳隐游舻。

其四

浙江美，最美浙江音。

月色照临山路翠，天声流淌奏横琴。

德艺学双馨。

其五

江南美，最美浙江水。

柳色西湖临月影，钱塘旭日照潮尾。

雁荡龙湫雨。

二〇一七年七月九日于杭州至德清途中

蝶恋花　浙音山晚步

片片月光披暗路，碧绿无尘，唯爱落花处。
心跳悄悄空一物，林间孤啸穿群树。

风雨百年春色暮，万帐千灯，人世艰难悟。
莫问英雄漂泊苦，庙堂险峻归来诉。

二〇一七年七月十三日于浙江音乐学院

满江红　访国立西南联合大学遗址

九土魂牵，西风路，南天一阙。
存亡际，江山儿女，弦歌不绝。
热血青春花落雨，高标学识身飞雪。
战乱深，国脉寄书香，铭心碣。

复兴志，未消歇；中华梦，真壮烈。
育炎黄赤子，英才伟略。
文史衣冠垂日月，宇称镜像映蝴蝶。
望长城，携手共迎还，狂欢节。

二〇一七年十二月九日

134

蝶恋花　春途

昨日西行衣满露，轻雾浅湖，零落群芳墓。
一脉幽怀犹未遇，痴心何必求多晤。

漫漫雪尘情已误，弱水孤山，儿女病相慕。
离别在人难在路，渐行渐远渐回顾。

二〇一九年二月十四日

悼北大马欣来同学（三联）

一片冰心

徽因竟去，苦让欣来伴黛玉，

岳霖尚在，痛教胡马悲友鸣。

千古红颜

涿鹿蚩尤枫叶骨，

蜀山杜宇梅芯血。

千秋一别

佳侣亲朋成梦境，

呕心沥血化仙人。

二〇一七年十月三十日

孙霄兵

古典诗词文集续集

赋文

张之洞亲黔记

君子之名世，可在庙堂，可在江湖，可在庠序，可在京畿，可在中原，可在蛮荒。唯德才立身，源于天资，藉于风土。南阳诸葛孔明高卧中原，谋略华夏，躬耕九畹，意在三分。陇西李太白未仕天子，已名满天下，挥洒诗词，从容宫堂。南皮张之洞公（1837—1909）未动中原，先动苗夷，未显德政，先展才华，为余等楷模也。

贵州山水，人皆知其美，不知其慧。其美在娱目感心，其慧在启智育人。其育大儒，铸英雄，传伟烈，岂不能醒世乎，学者能不觉乎？王阳明大哲龙场悟道，明月入胸，成良知之说，平宸濠之乱，为后代事功典范，东西尊崇。张之洞公天资聪慧，创学铸武，倡洋务经济，肇近世重工，启救民之智。礼仪文章，劝学精华，激扬百年，尤应今世，其诗文亦一时之重也。余读之自信。伟人毛润之挽革命于播州，救红军于赤水。赤水者，因其近泸州，疑古泸水也，诸葛孔明渡而损军。而润之指挥若定，运兵如神，终转移腾挪，远走高飞，功成开国，胜孔明阳明远矣。人杰地灵，岂无苗岭乌江之神助耶？

黔人学子，能无励乎？

张之洞公有子为家慈祖父，仅历数代，然经乱世，已不可考。公生于贵筑（今贵阳）六洞街，名当源此，长于安龙，科于沧州。其父张瑛为安龙知府，公少年属文，名扬南中。至今当地政府塑公像六洞街，长髯高冠，碑正面书"张之洞"隶书大字，旁刻公诗数首，首为《读宋史》："南人不相宋家传，自诩津桥警杜鹃。辛苦李虞文陆辈，追随寒日到虞渊。"岂非自身写照。余鞠躬读拜。二○一五年春日，余侍慈母家妹，南驱百里，赴安龙拜公。县府塑公立像，神情深远，目光炯然，如睹亲貌，旁有张瑛公引种直隶莲池，全家合影乃去。

余父母晋冀，家慈战火中徙于金陵，迁于渝都，与南下家父相识成婚。余生于播州，长于贵筑，考于北大，类公北人南育，少食黔粟，成年蓟归，虽无公之功名禄位，敢效公之忠孝勤奋，瘁力文教，报国传家。亲黔学历，为一生之本，敢不记之。昔亲已矣，家国尚待后辈。乙亥清明，举家祭祖。余之短文，献于祖亲，慎终怀远，以念宗源，以佑来者。

呜呼！尚享！

己未春节草于黔，乙亥清明改于京

附 录

我与北大——燕园的古典诗情

鲁迅说过，北大是常为新的。而我感受最深的，却是燕园的古典。燕园的塔影波光，画栋雕梁，高高的华表，湖心的小岛，构筑了一派古典的诗情，也融入了我们不可回首的梦。我们在当年的梦中，多么想成为燕园的诗人。

一九七八年春，我成了文革结束后首批考试录取的北京大学中文系中国文学专业学生。当时，中文系文学专业只有一个班。刚进北大，一切都那么新鲜。记得是三月，班里办了第一期墙报。我写了一首《春圃引》。全诗业已忘记，只记得几句：

五湖四海汇未名，红楼慕尽少年心。

愿得园丁常哺育，绿树苍郁总成林。

北大中文系有久负盛名的中国古典文学、古代汉语的老师，他们编写并讲授《中国古代文学史》《古代汉语》等教材，大概是这个领域最为系统、权威的本科教材和课程了。来自全国各地的莘莘学子，汇集在中文系古典的殿堂上，投身于大师的门下，不正是这样的感受吗？

晨光渐起，薄雾迷离；伊人在水，风雅美丽；感时恤民，戎祀不已；瓜瓞绵延，月令辛劳。楚辞长句，美人芳草；辛夷云旗，魂牵梦绕；雄灵勇武，山鬼年少；大夫风骨，屈子代表。我们带着南北口音的同学，在清晨未名湖畔的古典诵读声中，找到了千年审美的表达。

楚辞专题课是林庚先生为我们在第三年开的。林庚先生鹤发童颜，长袖飘然，身穿绛色中式对襟上衣，长袖挥洒，在古色古香的教室中讲授《天问》《湘夫人》。他说："有的同学说诗不易背诵，好的诗句想忘都忘不掉，'嫋嫋兮秋风，洞庭波兮木叶下'，你们说，能忘掉吗？"这句诗，我在毕业后的二十多年里一直没有忘记，而每过洞庭湖，登岳阳楼，都会自然想起。林庚先生是现代著名诗人，为一代古典文学宗师，忽以九七高龄绝尘而去。我因琐事在身，竟未能前往送别。唯长诵"帝子降兮北渚，目渺渺兮愁予；嫋嫋兮秋风，洞庭波兮木叶下"，以怀先生。

　　袁行霈先生第一次给我们上课，讲的是王维的《渭川田家》。先生温润悠远，修养儒雅，朗读"雉雊麦苗秀，蚕眠桑叶稀"诗句的清扬之声似乎今天还在耳边；板书遒劲俊秀，有右军之风。我们一边在下面听课，一边悄悄临摹先生字体。先生有时也会关注到我的诗。一九七八年五四青年节，系里出墙报，我写了一首词《满江红》，贴在三十二楼前面的围墙上。后来，袁行霈先生对我说，看到你写的词了，写得不错。一句表扬，终生难忘。

　　吕乃岩先生教《诗经》和《楚辞》，其音韵乃是宗宋一派。他是与学生交往最多的老师之一，循循善诱，还教我们唱会苏轼的词《水调歌头》，古韵流连婉转，沁人心脾。不记得是哪一年的中秋，班上许多同学在中秋之夜，坐在未名湖湖心岛上，伴着轻波皎月，唱起了：

　　　　明月几时有，把酒问青天。
　　　　不知天上宫阙，今夕是何年……

　　斯情斯景，亦真亦幻，出神入化，今生是不会再有了。先生所教曲调，不与他者同，更与王菲的流行唱法不同。二〇〇一年，我到巴西考察，驱车从里约热内卢到圣保罗，长路寂寥，唱此曲以慰同行，都说好听。一九九八年，先生还赠我珍藏的诗词古曲录音磁带。因为忙，至今没有很好唱习，而又十年矣。

燕园的点滴熏陶着我们。一九七八年冬天的一个中午，我去大饭厅吃饭时，在校园的广播中听到了中美建交的消息，当时很有感触，回宿舍后写下了《贺新郎·闻中美建交怀斯诺》：

碧塔青湖浦。

忆君来，红枫瑟瑟，漫天风雨。

曾记取长征岁月，笔报神州破曙。

愁细雨如油无数。

大海双分友人骨，又流传总理情吩咐。

人去后，几春度。

惊雷万里驱迷雾。

喜今看，鹊衔河汉，彩虹飞路。

白鸽云间飘碎羽，化作梨花万树。

沃华夏芳芽春圃。

146

听得人间长欢鼓，把佳音，松径低声诉。

魂笑起，慷慷舞。

这首词后来发表在《北京大学校刊》上。一次，袁行霈先生到我们 32 楼 326 宿舍，指着刊登的"大海双分友人骨，又流传总理情吩咐。人去后，几春度"说，此处当出好句。

燕园也有忧郁的日子。在梦境般美丽的校园里，悄悄地写作古典的诗，竟也成了少年诉说孤独的渠道。一九七九年五月的一天，从民主楼下课，路上迎春花盛放，我似有所感，填写了一首词《点绛唇》：

雨散薰风，莹莹都似残花泪。

梦迟长悔，该早怜红卉。

报与东君，不负人无寐。

更痴醉，不伤芳萃，那得枝头坠。

此词和其他诗词后经吴小如先生指点，先生强调了平仄的要求，并且提出，古典诗词的写作，词句不能太新。

一九八〇年的一个春日，我按照老师们所说，来到了未名湖畔的魏士毅墓前。魏士毅，北大女生，民国"三一八"惨案中罹难。凭吊之后，回宿舍一气写完了一首《过秦楼》：

雪灭松邸，小湖冰散，细雨丁香纷乱。
江南杏赤，塞北枫丹，尽染泪珠星点。
长想血尽杜鹃，茧死春蚕，声残箫管。
只京华恨重，神州情满，一怀湘怨。

杨柳似袖舞当年，明眸如月，夜夜波心回闪。
幽明路隔，兰菊分时，咫尺难传鱼雁。
石上花环最坚，霜覆苔淹，总难消减。
喜林梢雏燕，舞破春光一片。

这是我依清真谱填的第一首慢词。爱好者多学苏辛，高言大句；而草窗梦窗，屯田玉田，体会入微。在怀念远人中，青春得到了一丝寄托和慰藉。

古代汉语是古典诗词欣赏、研究和创作的基础。王力先生是语言学研究的泰斗，所写《诗词格律》一书我在进北大前看过。在北大听过王力先生的一次古代音韵的讲座。此课与周祖谟先生上的古音韵课一样，没太听懂。一九八四年，国务院学位委员会、教育部在香山饭店召开晋升教授和博士导师的特殊评审会，我为中文组的联络员。分组会议开始时，我搀扶着82岁高龄的王力先生从房间走到会场。路上我请教有关入声的问题，王力先生告诉我入声的地区分布。我突然问："西南地区离北方那么远，为什么属于北方话系统呢？"王力先生抬起头大声说："这个问题还没有搞清楚。"后来，我将这一问题问过其他人，也得到了一些猜想式的回答。我想，以王力先生之权威，完全可以随便回答，而先生没有，说明了他严谨的治学态度。王力先生学识博大精深，《汉语诗律学》作为诗词格律研究的经典著作，培育了一代又一代人。我自二十世纪八十年代初购得，一直阅读珍藏。每读其书，想其为人，想其不朽，更激发我们继承和创新的勇气。

齐冲天先生是为我们古代汉语课的老师之一。课程结束的时候进行考试，内容有不少平仄对仗的要求。当时齐冲天先生出了上句，我对以"长歌激烈"的下句。卷子判完以后，齐冲天先生在课堂上对我的对句加以表扬。可惜齐冲天先生出的上句，记忆已经模糊了。

陈贻焮先生学力深厚，对唐诗有深入研究，有《梅棣盦诗词集》传世。先生高额亮嗓，目光如炬。上课时热情洋溢，如长江大河，一泻千里。有时见到我，笑称我为诗人。记得一次上文学史课的间隙，春夏之交，熏风习习，先生与我坐在哲学楼101教室外的栏杆上，对我说，你的诗词写得不错，以后要多写。毕业多年以后，其他年级的同学告诉我，先生当年给他们上课时，夸奖我写的诗词。背后赞扬，更加体现先生襟怀磊落，心口如一。他有诗赠我们：

雪里燕园景自雄，苍松翠柏竞摩空。

夜来喜听春风到，桃李旋看白映红。

多年以后回想，我们不就是这样的红白相映的桃李吗？毕业前夕，在中文系的迎春联欢会上，先生在我的小本上题诗：

春花秋月媚幽姿，淡抹浓妆各自宜。

要识西施清绝处，铅华洗尽是冬时。

其下分行题"录冬日西湖拙作一绝，霄兵同志毕业留念，陈贻焮，一九八一年十二月"。

先生晚年患病，北大校庆100周年时我等前去看望，已不能识人。如今，贻焮先生已驾鹤有年矣。

在燕园，热爱古典诗词写作的同学是很多的。除了中文系，其他系也有写得很好的同学，可惜当年没有深入地交流，今天想起来有些后悔。四年的大学生涯很快过去。燕园将我们对于诗词的单纯爱好，蕴涵以系统的知识，熏陶以古典的精神。一九八一年十二月，毕业之际，我以一首《渔家傲》赠别同学：

> 看罢天倾歌虎踞，
> 劫灰未扫星如雨。
> 夜半静听潮怒起，
> 休言误，
> 春生桃李兰迟暮。
> 中原一梦早侵骨，
> 剑爱轻生魂爱舞。
> 纵令千流万壑处，
> 孤身渡，
> 寒光牵动轻帆举。

如今，书生报国，一梦未醒，而轻生之剑、爱舞之魂，却不知飘向了何方。

　　古典诗词是现当代文学史从不关涉的领域，于今已不是主要的文学样式，写作只算雕虫末技。新诗是北大的创作主流。在新诗创作的领域，当年更有谢冕、孙玉石等先生对我们的指导，那更需专门的记述。北大老师对我们的教育，是难于一一指出，也是难于以言语说尽的。

　　我们在春天进入燕园，在春天离开燕园。从一九七八年二月二十八日算起至今，时光已过去了整整三十年。时间，改变着人的性格和气质，也改变着人间的容颜和情感。然而，是燕园传承了一代代古典的诗品人品，给予了一代人高风亮节的刻铭，凝塑了我们的赤子之心；是先生们的培育，使我们走向了永远。我们深深地爱着燕园，燕园永远是诗的领地，未名湖是我们永远的灵感。

　　　　　　　　　　二〇〇八年二月二十八日于紫竹桥畔

我与北大——燕园的古典诗情（续）

戊戌之秋，同学嘱文，敢不承命。二〇〇八年北大校庆 110 周年、毕业 30 周年际，余应校邀，写了《我与北大：燕园的古典诗情》一文，收入《精神的魅力》（续集），今为续作。余本是爱静不爱动之人，与张牙舞爪（女同学语）的表象不同。毕业以来工作未变，既无力移民，亦不敢下海，只听生活安排便罢。有校友嘲之为"干一行爱一行"。为文仍沿旧题，岂可攀以诗证史之论，亦非显诗化生活之征。

北大毕业之后，旧诗写作与燕园联系时有，近来增多。原因无非以下几类：一曰忆友。如：

高阳台　访陶然亭忆与北大同学曾游

宣武陶然亭有高君宇石评梅墓。一九八一年冬，余将从北京大学毕业，从北大李潘二同学游，不觉三十三年矣。

晴昼绿荫，画廊翠阁，春风杨柳画船。

爱侣英年，情魂生死缠绵。

石桥迤逦笙歌起，伴纸鸢，飘上蓝天。

似当时，醒世报刊，救国诗篇。

名园梦断江湖老，念烟云洗尽，海内尘缘。

书简飘零，谁怀知己天边。

孤独身化长风去，总赢来，叶润花繁。

碧波怜，谢了白莲，褪了红颜。

记得一九八一年冬，学校组织同学到人民大会堂听报告。散场已近中午，学生会同去我等三人，借机在市内游玩，在六部口路口小店吃了炸酱面，乘车到陶然亭游览。园有冬雪，湖面封冻。我等凭吊高君宇石评梅墓，抒发一通天下家国、北大同学的感慨，乘车换332路公车回校了。此后三人，离多聚少。四十年后，或升庙堂、或出图圄，终于到了鸡犬之声相闻，老死不相往来的年龄。三人成众，两人亦少见。旧谊峥嵘，一代好友，一路到此，不胜唏嘘。后有亲居陶然亭北，拜访之际，复游忆发，并非他图，亦非仅有。

北大情谊，易于节气萌生。二〇一七年重阳节，余住西单会议。晚风散步，忽念当年入学毕业每过西单，又逢马欣来同学二十六日病逝。欣来曾任学生干部，秀外慧中，琴瑟友鸣，素有联络，有感上心：

丁酉重阳夜步北京西单

四十年新北大生，京都烟雨铸忠臣。

亲朋爱侣半成鬼，心瘁血枯犹是人。

雾降星升金水岸，风吹叶落紫光宸。

青春梦境倩谁共，天下长安夜继晨。

同班三直兄嘱余投稿《春风吹过四十年——一九七级大学生诗词选》，此诗被删，发表只有四首。诗选宋红、李蠡、李春兄等。中山大学博导海鸥我友，为诗选主编之一，择机再告删诗之痛。

二曰求教。余生性腼腆，不愿求人，诸务以能无师自通搪塞。然北大亲师，德学渊源，常前立雪。袁行霈先生近年任中央文史馆馆长，参与教育计策，每能见面问安。二〇一一年末，余《汉语词律学》初版印出。一日国家教育咨询委员会会议，袁师莅临，玉树临风，温文尔雅。余将书奉上，告求指正，袁师微笑未拒。数月间，一函飞来，急拆大喜，袁师不仅题字，更有信曰：

霄兵兄：大著《汉语词律学》取精用弘，议论允当，每读至精辟处，辄合卷赞叹。了一先生以后，或当以此书最为周密耶？当今填词之人不在少数，倘能参考此书，词律必更精，词境亦可进阶矣，闻将再版，谨题"词学津梁"四字，以示祝贺。耑此，即颂文祺！袁行霈二〇一三年一月十四日。

余大喜过望，受宠若惊，立即再版前言。（自注：了一，王了一，王力，中国著名语言学家、文学家、翻译家、格律学家。）袁师逢人说项，复邀我参加中华诗词申遗论证会等，学习交流，深为感念。余文史馆诗词会议发言《中华诗词的当代作用与功能》，刊于二〇一七年五月十八日《中国教育报》。袁先生二〇一八年六月当选美国人文与科学院外籍院士，岂因学术，更以德行，高山育林，春风化雨，余生可恋。

余之赴北大问学者，更有汤一介、乐黛云教授伉俪。汤师家学深厚，父亲汤用彤为一代名师，曾任北大副校长。汤师当年开讲魏晋玄学、隋唐佛学、宋明理学等，余等得鱼忘筌、得意忘言，至为精华。汤师仙逝，余撰悼诗：

悼汤一介师

识一介师于一九八〇年北大课堂。后多求教。甲午中秋翌日闻讯拜别，九月十五日八宝山送行，即访东南西亚三国，途中成诗。

冬残悟春暖，夏尽感秋风。

谈笑天人合，经书世界同。

心存三代上，身在两楹中。

涕泣阴阳别，业徒问道穷。

首联指汤师慷慨正直，不负家国传承，未谙世情，经历坎坷，多被人算。方毕业时，乐师出国访学，汤师留家，儿女往出，余时陪伴。学问中西，帮查文献，亦邀余参加学术讨论，情同家人。颔联说汤师哲学命题天人合一、知行合一、情景合一，醍醐灌顶。晚年主持《儒藏》编纂，贡献文明大同，鞠躬尽瘁。颈联言三代夏商周，淳朴上古，儒家理想矣。孔子晚梦两楹，恐不久于世自伤。儒家大道，何政不依。尾联曰哲人其萎，泰山其坏，何师问教，深以为悲。更诵于三年祭汤师墓前。

汤师仙逝时，余亦撰联吊唁。诗与联均留哲学系登记，然纪念文集未刊出。

时光荏苒，不为北大多留。懵懂方为青春，恍惚又是晚景。二〇一六年，余《人类莲花文明——世界花朵象征符号研究》出版，新年已过，旧历未尽，余赴乐黛云老师家拜年献上求教。汤老师、乐老师家日日高朋满座，往往无处容身、无地插足，几十年如一日，汤师去后依然。时朗润园晴雪未化，银装素裹，建筑雅典，阳光清冽，朔风吹拂，木叶尽脱，残竹萧萧，如临空山，如登仙境。余逡巡良久，叩门而入，嘘寒问暖。乐师丰神毓秀，容光焕发，送客已毕，题名留影，嘱我再接再厉。乐师当年邀余南下参与深圳大学比较文学文化研究所创建，余恋燕京，一念终身。归晚即诗：

北大朗润园访乐黛云先生

故园空谷绣檐涧，画栋琳琅玉柱高。

雪满未名竹璎珞，冰封朗润树琼瑶。

冻枝月季埋红籽，暖阁水仙抽碧条。

寂寞英雄醉书简，风云女史笔逍遥。

乐师邑人，尾联遭黔中乡党激赏。余中心私忖，自有理据，不足为道也。日后如文，可泄天机。当年教授，亦多问求，惜诗心未丰，留待来情。

三日交流。北大师生，离校以后，交流不多，每有机会，应倍珍惜。访问乐老师时谈及，金丝燕九月回国可以一聚。又从留法同乡校友罗栖霞女士微信知丝燕信息。金丝燕为北大七七级法语专业才女，西湖丽人，陈力川兄同班捷足先登，当年倩影，历历在目。余二〇〇九年访法，巴黎深街小楼，力川夜排家宴，把酒往事。丝燕现为法国阿尔多瓦大学东方学系主任、特级教授，丁酉与法国汉学界宿儒汪德迈（leon Vandermeersch）赴北京师范大学跨文化研修项目讲授佛经翻译专题，感因诗云：

金丝燕教授莅京讲学

佛脉别离久，帝都女史空。

燕园晓风绿，赛纳夜波红。

天竺梵音美，汉唐韵律丰。

东归释经典，花雨闪惊鸿。

时值汤一介先生三周年祭日，乃驱车共至门头沟万佛陵园祭奠。回北师大后，丝燕教授赠《佛经汉译之路：

〈长阿含·大本经〉对勘与研究》，说明佛经翻译对汉诗音律影响至深。德迈教授年届九旬，赠《中国思想的两栖特性——占卜与表意》（金丝燕译），有言："白话文学作为娱乐形式的次等文学而产生，只有文言始终位列思辨性文学或古典诗歌的高雅文体，直到一九一九年的五四新文化运动，文言被极端西化分子粗狂地摒弃，几十年间被废。"诚为至论。余回赠《人类莲花文明》，丝燕建议法译，回法后转赠栖霞，入藏法国国家图书馆。

四曰纪念。回忆或因私谊，纪念重在公众。论及北大节日，莫高于校庆。戊戌双甲子日，闻举行七七级、七八级入学40周年纪念大会，乃撰律祝贺：

北京大学一百二十周年校庆（折腰体）

百年风雨百年松，燕语呢喃燕翼丰。
一代诗书歌独秀，三朝儒道释兼容。
青塔湖藏民主笔，红楼月映自由钟。
神州长夜相思梦，秋骨春魂热血踪。

校庆前，特到沙滩红楼参观求证，见新文化运动展，并无北大专题；有傅雷专展楼内，而马克思主义传播展布于院内平房。民主广场、自由铜钟，早已踪迹全无。

然中华大地，北大遗爱不泯。抗战期间，北大、清华、南开三校迁于昆明组建西南联大，中文系罗庸主任作校歌，调寄《满江红》，慷慨激烈。余赴云南师范大学老校区，距西南联大遗址仅数十米。晨昏观瞻，夜不能寐，填词《满江红　访国立西南联合大学遗址》：

> 九土魂牵，西风路，南天一阙。
> 存亡际，江山儿女，弦歌不绝。
> 热血青春花落雨，高标学识身飞雪。
> 寇乱深，国脉寄书香，铭心碣。
>
> 复兴志，未消歇；中华梦，真壮烈。
> 育炎黄赤子，英才伟略。
> 文史衣冠垂日月，宇称镜像飘蝴蝶。
> 望长城，携手共迎还，狂欢节。

友人评论，余词多有一阙之嘉，上下不均，唯此词通好。余虽不认同，心有所喜，拜校史之赐也。

以上絮语，又叙十年间北大古典诗缘。诗不尽情，文不尽意。再谢燕园，再盼岁月。

二〇一八年九月九日于朝阳惠新桥畔

中华古典诗词的当代作用与功能

中央电视台和教育部共同组织举办的《中国诗词大会》节目具有重大的意义，它是新中国成立以来成功的文化活动之一，也是中华民族文艺复兴进程中的一个重要契机。

关于中华古典诗词的定位

过去，中国古典的、精髓的文化被当作封建糟粕抛弃了。今天我们终于认识到，在文化自信的引领下，中国人正积极探索自立于世界民族之林的文化样式，这也是其他国家没有的。我们终于在文化上开了"天眼"，终于找到了中华民族自己的文化本位。

我的看法是，古代诗词不能叫旧诗、古诗，用新旧、古今的概念不科学，也不准确，可以叫中华古典诗词。

中华古典诗词的产生、发展和传承，全面反映了中华民族的文化传统和意识形态，它是哲学，是我们中华民族的灵魂。

中国古代有诸子百家的学说，但是不够普及。在历史上，中华古典诗词曾经妇孺皆知，这是不容易的。从文化的角度来讲，这是中华民族最为重要的、千年不断的文化传统和意识形态。

《中国诗词大会》节目成功举办的原因

第一，中华古典诗词充分反映了中国人的文化传统。中华诗词对于建构当代中国社会的意识形态具有重大作用。马克思主义的意识形态是当代中国具有领导地位的意识形态，但需要与中国传统文化结合起来。中国传统文化，最广泛地植根于亿万中国人的心底。这需要充分认识中华古典诗词的文化高度，认识中华古典诗词对于继承、弘扬中华传统优秀文化的重要程度，否则的话，就没有办法理解，诗词大会比赛为什么会引起举国赞颂、举国认同、举国参与。

我是学文学的，我们北京大学中文系文学专业的同学在看了诗词大会节目以后，还自己在微信上玩起了飞花令。我们毕业几十年了，在专业上大多卓有成就。很多同学退休了，有的在美国，有的在中国，回过头来还玩飞花令，说明它是植根于我们心底的，说明中华古典诗词深深植根于人心。它是中国人的精神之所系，是中华文化的命脉、血脉之所在。

第二，中华古典诗词充分反映了中国人的思维方法。诗词创作的思维方法与其他文艺创作如小说、散文、戏剧等思维方式不一样，它需要对于外在事物和精神内心有一种高度的、高层的、文化的提炼、锤炼、精炼，以形成构思和句子。这些构思和句子是中国人思想的反映，是中国人的思维方式的集中体现。

第三，中华古典诗词充分体现了中国人的审美方式。中国人在哲学上讲天人合一，在审美上讲情景合一，很多古典诗词体现了中国文学易知、易感的特点，运用了很多赋比兴的手法，容易理解。如要讲哲学的概念，不容易理解。

第四，中华古典诗词充分反映了中国人的情感方式。中华民族是一个比较感性的民族。一个国家在治理过程中，如果不能让人民找到一个情绪宣泄的方式，生活中积累了过多的负面情绪，就会起到反面作用。中国人一讲感情，就动情，就"泪奔"，这就是中国人的特点。中华古典诗词反映了中国人的情绪特点。从形式特点表现来说，诗词在传承过程当中，形成了非常丰富的体裁，有四字句、五字句、七字句，还有词、曲等方式，体现了格律的严谨和内容自由的统一，雅俗共赏。

第五，中华古典诗词特别契合当代中国人的精神需求。诗词大会中既有《诗经》、唐诗、宋词等古典作品，也有现当代人的作品，如毛泽东、鲁迅的诗词。说明国人公认这些现当代作家可以进入中国传统历史上伟大作家、伟大诗人的行列。像毛泽东诗词，丝毫不比古人作品逊色。

《中华诗词大会》节目成功的最为关键之处在哪里？一些当代中国人的心理是非常空虚、空洞的，是不充实的，缺少坚定的文化信仰、哲学信仰等。那么用诗词的内容和方式弥补人们的心理空缺，充实人们的灵魂，非常契合当代人的需求特点。

今天社会上各行各业的人都可以来学诗词，都可以欣赏诗词，都可以在诗词诵读之中找到自己生活的动力，找到自己未来的前途。有些在艰难困苦中生活的普通百姓，能够在诗词当中找到慰藉，找到生活的希望，原因就在于此。

如何推广发扬中华诗词

通过古典诗词的推进和普及，来提升整个中华民族的文化境界，我们需要推进三大制度建设。

第一个建议，实行国民诗教制度。诗教现在是自发的一种形式，应该把它提升到国民教育制度的高度。建议诗教的制度内容如下：

第一是编写诗教的相关教材读本。现在的语文教材当中选了不少诗词，但是这些诗词的选编，并不是从宏观的体系上来考虑的，缺少内在逻辑。除了篇幅上要增加以外，要精选一些诗词，让这些诗词在诗歌源流当中形成自己的内在传统，不同的样式，不同的时期，反映不同的风格。这可以从小学教育课程开始。

第二是开设专门的诗词欣赏创作课程。在大学中文系也好，在高中阶段也好，需要开设高水平的古文和古典诗词的欣赏创作课程，但是现在往往没有人会教、能教。记得当年在北京大学读书的时候，我写的一些诗词，请袁行霈老师指点过，陈贻焮教授也专门评点过，才取得一点点的进步。今后应在中文系开设高水平、专业性的诗词欣赏和写作课。这是一个国家民族文学的根，现在往往被忽视、丢掉了。

第三是诗词要进入高考。诗词进入高考，不是增加学生负担，因为有了诗词，有了感性的内容，高考可以把其他的内容减去一些。诗词进入高考，主要是考查考生对诗词的欣赏和体会，不是考怎么做诗，不是当年的科举。目前是有这样的一种契机的。教育部确定要颁布一个新的写古典诗词的韵谱，这是教育部对古典传统文化认识的提高。这说明，教育事业要把发展改革的视角一定程度地转向古典文化，这是一个非常好的举措。

第二个建议，要建立国家诗词题咏制度。这是中华民族的一个传统，现在没有这个传统了。《红楼梦》里面有一个故事，贾政领着一帮清客，去题咏大观园的匾额，给景观命名。韩国现在很多建筑、学校教室题写了中国的诗文格言。中央电视台拍了五部《超级工程》的电视片，反映的是中国的世界一流工程，但是在这些工程上，没有文化艺术符号。从文化的角度来讲，这些工程意义不显著，因为它只有民生的意义，没有提升精神文化的意义。

比如说三峡大坝，国家投入了 954.6 亿元，坝高 185

米，全长约 3335 米。我从大坝底部一直走到坝顶，走到大坝对面山上，看见了很美的风景，很壮观的大坝，很长的坝体。但是没有一个文化符号表示这是中国的大坝，把它挪到美国去、挪到意大利去，照样可以。从文化上说，就是一堆水泥块。我觉得反映三峡大坝之壮观最适当、最精炼的是杜甫《咏怀古迹》其一中的两句诗，"三峡楼台淹日月，五溪衣服共云山"，三峡总公司应该把这句诗刻到大坝上去。杜甫曾任唐朝的工部员外郎，是搞工程的，世称杜工部。上千年以前，他给三峡大坝"预留"了诗词题咏。

今天解读，这 14 个字有很深的意义，"三峡楼台淹日月"，是说三峡大坝可与日月齐辉，三峡大坝上可以建楼台景观，可惜没有。"五溪衣服共云山"，就是说湘、黔、川、渝的少数民族，穿着不同的衣服，都聚居在同一片蓝天下，说的是民族团结。这就把建筑工程赋予了家国情怀。

改革开放以来，建了多少房地产项目？全国至少也有几十万个，但没有几个有相应的题咏。题咏既可以是古代的，也可以是现代的。中国有很多世界一流的工程，贵州的都格北盘江大桥是世界第一高桥，桥至江面高约

565米，相当于200层楼高，高过所有的电视塔。桥上风大车多，我走过去腰都不敢直。再往云南方向是世界第二高桥，564米，两个高桥连在一起，非常壮观。贵州还有一个500米口径的射电天文望远镜，也是世界最大的。我也去过了。全球最大的电子天文望远镜，可题上毛泽东诗句，"坐地日行八万里，巡天遥看一千河"。这是个宏大的境界，要让科学和文化相得益彰。

要建立文化自信，就是要把文化符号展示出去。诗人、学者以后就要到中华大地到处去题诗，把中华的诗词加以传承、显示、展示，让各国游客去参观时，感到震惊：中国人不仅会建工程，还会文化建设，还会创造出新的抽象的文化符号。大型的公共建筑、重大工程、公共机构都应有这种命名题咏的制度，这一定要上升为国家制度，可叫作国家公共机构建筑诗词题咏制度。

第三个建议，中华诗词要积极发挥专业机构的指导作用，形成诗词社会学习制度。引导诗词专业知识普及，形成一些定点的联系点，开展讲座、评奖等活动。人民群众学习诗词的主动性很强，中华诗词学会的专家、大学教师、研究专家等，要把自己的诗词专业知识运用到社会上去，为普及诗教、普及文化作出新的贡献，这也应成为一种制度。

政策建议往往涉及经费投入，这几点建议都不需要专门的经费，不要国家拨专款，但照样可以达到很好的效果。希望这些制度能够实现，中华诗词各级学会，诗人、专家、学者们就可以更好地服务社会经济和教育文化发展。

（本文原载二〇一七年五月十八日《中国教育报》）

近体诗"句中韵"探究

　　古典诗词中的句中韵，是指一联诗句中的上句和下句押韵，也就是近体诗一联中的出句和对句押韵。中国古典诗的句中韵，在诗经中多有。汉魏古体诗中也有同句押韵的情形。这不仅是在转韵古风中常见，而且在一韵到底的古风中也常见。近体诗是由古风诗演变而来。这样的句中韵体现在近体诗各句中。近体诗句中押韵分为三种情形。

　　第一种情形首句押韵。这种情形在早期七律中就有。如唐人沈佺期《古意呈补阙乔知之》首联：

　　卢家少妇郁金堂，海燕双栖玳瑁梁。

　　堂、梁，押韵。

　　这种情形一直延续下去，成为了七律的一种通用体式，今人仍然这样使用。

第二种情形是除去首联的其他三联中的任何一联句中有韵。如唐人张籍七绝《凉州词》：

边城暮雨雁飞低，芦笋初生渐欲齐。
无数铃声遥过碛，应驮白练到安西。

碛、西，押韵。

如韩愈《早春呈水部张十八员外》：

天街小雨润如酥，草色遥看近却无。
最是一年春好处，绝胜烟柳满皇都。

处、都，押韵。

有人将这种情形称为撞韵，认为影响了诗句的多样性，并认为应当避免。但是从上面的诗来看，得不出这一结论。

第三种情形是全诗句句押韵。这种体式我们称之为全韵诗。如杜甫七律《十二月一日》之一：

今朝腊月春意动，云安县前江可怜。
一声何处送书雁，百丈谁家上水船。
未将梅蕊惊愁眼，要取楸花媚远天。
明光起草人所羡，肺病几时朝日边。

此诗句句押韵。分析至此，笔者可以做出初步小结。

第一，近体诗句中韵，在五绝和五律诗中少见，七绝不常见，七律中多见。这说明七律由于音节较长（七字）、体量较大（四联），有了句中韵存在和发挥的空间，更体现了七律体式多方面的艺术容量。当然这也更需要诗家的艺术功力，既要体现好内容，也要照顾到押韵。

第二，近体诗句中韵平仄互押。由于近体诗格律的规定，句中押韵只能是平仄互押，自然突破了韵类。近体诗格律有种种变通，但出句对句的末字平仄相对从未有过改变和突破。这造成了近体诗句中韵脚的错落有致，使出句和对句的声韵更加协调呼应，更好地体现了近体诗的声韵美学效果，也为以后词韵的平仄互押开启了先河。

第三，随着近体诗创作的发展成熟，句中韵成为近体诗特别是七律的一种高级诗艺。在某种程度上说，成为了一种诗家不经意的追求，有句中韵的句子往往成为好句，韵脚联通，更易记诵。这种方法值得我们在研究和创作时注意和借鉴。

第四，近体诗句中韵是一种修辞艺术，不是一种格律，不需要强制使用和推行。也不是越多越好，而是要适可而止，该用则用，不该用则不用。这方面，杜甫五言律诗的创作为我们树立了不朽的典范。

依法治教　步履不停

——访孙霄兵

题记：孙霄兵既是文人又是实干家。他秉持自己的追求和特点，终会水流千道归大海。

陈志文：您是北大中文系毕业的，是正儿八经 77 级学生，78 年入学。

孙霄兵：对。我一九七三年高中毕业后，当了几个月的代课老师，一九七四年八月到贵阳郊区的三江农场做知青，两年多以后回城，一九七七年一月开始工作，任贵阳市南明公安分局民警。一九七八年二月离开警察队伍，到北大去上学。

陈志文：您当时是怎么知道恢复高考这个消息的呢？

孙霄兵：最开始是传闻，但是这个消息真正确定下来，大约是在一九七七年的夏天，我记得《贵州日报》上面登出消息，说要恢复高考，而且有报名的一些条件，要求到各地自己的所在单位去报名，跟着定下了考试的时间，这时候我们才觉得恢复高考是真的。

陈志文：您也没想到自己可能有上大学的机会。

孙霄兵：当时我在农场的时候，是有推荐上大学的机会的，但是我没被推荐上的原因，是农场要照顾一个年纪比较大的女知青，她的年龄比较大了，作为女孩子也考虑到婚姻这些问题，所以就推荐她离开了。

陈志文：北大中文系是不是您心仪的学校和专业？那时候上大学没有绝对的志愿。

孙霄兵：也可以这么说，虽然我从小比较爱好文学和写诗，但是我还是比较实用的一个人。因为当时我在公安队伍，所以想学法学，但可惜那年北大在贵州省招生没有法学的名额，我只能够报其他专业，选来选去就选了中文。

陈志文：当年像您这样能进入自己相对如愿专业的人其实很少。

孙霄兵：对，当时只要能上北大就很好了，能够上北大的中文专业，那是最理想的。

陈志文：您还记得进北大那天的情景吗？

孙霄兵：我记得大概是在二月二十六日晚上到的北京，从北京站坐北大的大巴到学校，临时找了个宿舍住了一晚，第二天起来报到办手续。我当时分到 32 楼，一间宿舍上下铺住八个人，但实际上没有住满，只有 6 个人。

陈志文：您当时在班里同学年龄是居中偏小的？您觉得现在的大学生和那时候的大学生有什么区别？

孙霄兵：我们那时候的大学生是经过社会锻炼的，经受过了一些人生的历练，这段经历告诉我们，独立的、专门的学习机会是很不容易的，而且是正规的学习，有专门的课程和老师，不是自学，这常使我们感到学习机会来之不易，这个学习机会是人生的一个重大机会，必须把握好，自己的人生才会有进一步的发展，同时也会促使自己对国家做出更大的贡献。

陈志文：那时候大家的学习劲头完全不一样，可以说如饥似渴。

孙霄兵：没错。现在的大学生，我觉得没有一个思想的基础，虽然我们当时身处"文化大革命"当中，但是我们对社会上的事情看到了很多，各种的现象、各种的运动。我一直是在满满的正能量下走到今天。在生活当中，虽然也遇到过挫折，遇到过坎坷，但尽管如此，我也一直坚持着正能量，保持对社会正面的看法，所以我的人生总的来说还算是一帆风顺，对自己的发展，在专业领域我是满意的。

陈志文：生活可能遇到这样的事，也可能遇到那样的事，但都是你的生活。

孙霄兵：对，比如说我在农村时当知青生产队长，脏活、累活，其他想象不到的艰苦，我都经历过，但我不抱怨，一直保持正能量。

陈志文：刚才聊的是一九七七年、一九七八年的经历，回过头来看，您有没有想到中国会有这么快，这么大的发展？

孙霄兵：没有想到，今天是当时做梦都想不到的。

陈志文：您觉得最大的变化是什么？

孙霄兵：最大的变化是社会发展的思路变了。过去，我们讲无产阶级革命要继续，不能有个人的利益、待遇和发展的机会，现在的社会是立足在大家发展机会之上的一个社会，不说马云，一些 CEO 年薪就可以拿到一两千万。这个跟过去的观点思路是不一样的，措施、机制也不一样。

当然还有教育的定位、作用不一样了，现在重视教育，重视知识分子，当时重视的是部队，重视的是工人、农民。总的来讲，还是我们都有上大学的机会，这对于国家，对于个人来讲，是一个很大的幸事。今天我们对社会事件认知的能力，自己学术的发展上，没有这样的知识基础是不可能的。

陈志文：北大给您带来了什么？

孙霄兵：北大给我带来两点，第一是思想解放，第二是专业比较好的发展。

陈志文：您有些同学成为了著名的作家，您工作之后也出过不少诗集，有没有遗憾说其实您本来也可以成为一个著名的作家？

孙霄兵：我成名成家的思想不是很浓厚，我还是比较传统的人。我有自己的情怀和理想追求，对个人成名成家不是很重视，我有很多次成为全国著名作家或者发表著名作品的机会，都有意无意放弃了。我写过一首诗叫《我希望》，你应该听过，最近还在《为您读诗》的节目中发表过，很多人会背。

陈志文：如果再让您重新选择，您会做一个官员还是做一个诗人或者作家？

　　孙霄兵：我在学文学的过程当中，有一句话对我影响很深，鲁迅说，不要当空头的文学家。什么事情也不做，天天光去搞创作，有什么意思？我还是喜欢干一些实际的事情，在这个基础上再来写作。如果让我再选，我还是会这样选择，写作不能没有生活。

　　陈志文：您先后就读北大，华中师大，吉大，您对这三所学校有什么评价？

　　孙霄兵：北大对我有两个影响，一个是思想解放，一个是专业发展，但是北大有严重的问题，有一点自视清高，瞧不起别人，最后对自己的危害就是别人也瞧不起你。所以读完北大的本科后，我在北大已经足矣，我想换一个活法，所以到了教育部。当时我填的是去做政策研究，但是到教育部以后，政策研究室的进人指标已经满了，我就留在人事司了。但我觉得我的性格不适合做人事工作，人事工作要非常老成，要非常严谨，我觉得我还是更愿意跟人多交流，愿意去多谈论，部里又把我调回到政策研究部门，到政策法规司，最后做了司长。所以人只要有自己的追求和特点，是会水流千道归大海，归到自己的特长的。

　　教育部任职以后，为了把工作做好，我觉得自己该去学教育，就到了华中师大读博士，后来到了政策法规司以后，我觉得我应该加强法律的学习，又到吉大做博士后。

陈志文：好多人不知道吉大的法学原来是特别强悍的，后来人才有些流失了。您怎么评价这三所学校的特点？

孙霄兵：当然，北大全面的素质教育和思想的解放是其他学校没法比的，其他两所学校我主要看中的是专业、学科，华中师大的教育学在国内是在前列的，吉大法理学专业在全国也是最好的之一，目前也还是非常有专业水平的。

陈志文：您怎么评价自己最突出的一个特点或者气质是什么？

孙霄兵：我比较复杂，我应该属于一个文学家或者思想家的气质，但最后教育部工作的几十年把我变成了劳动模范。我于二〇〇九年至二〇一七年，连续9年被评为优秀司局长，立三等功三次。二〇一四年被教育部推荐评为中央国家机关五一劳动奖章获得者，当时我也觉得很好笑，我认为我不仅是凭干活出色的人，结果大家认为我是个劳模，我觉得这也是人生的一种成功。我还有一个特点，工作非常认真，细致，非常负责任，我有这个自信。

比如有两部重要的立法都是我亲自起草的，其中一个是《教师法》。《教师法》我从第一稿、第一个字开始起草，一直到最后通过，包括后续国务院的一些实施办法和教育部的一些实施办法都是我具体拟定的，这解决了我国教师的很多实际问题。

陈志文：您去读书实际是为了工作，因为工作需要您去读教育和法律，而不是简单地换个学科。

教育改革的重点难点

作为制定政策的人，我们一定有更好的办法，把大家的愿望实现。

陈志文：您是政策法规司司长，我国的高考制度，也是一个教育方面很重要的基本制度，您今天回头看怎么评价？

孙霄兵：我们的高考还是很必要的。当年它是精英模式的一种高考，高考报名和录取的人数都比较少，但是现在已经从精英过渡到大众化，马上到普及化，在这个转折点上，我认为，过去大而统一的高考模式已经严重不适应现在教育和人的发展，必须有一个大的改革。

陈志文：您觉得要改什么？

孙霄兵：大而统一的高考模式要拆分掉，我认为现在高考带来的最大问题就是压力太大，从社会到学校、到家庭，压力过大，整个中国教育在大而统一的这种考试模式引领下，每个家庭父母、孩子的关系都是在学习和考试之间纠结，抛弃了生活。但是我认为家长这样做没错，人民群众都想上大学，作为国家，作为制定政策的人，我们一定有更好的办法，把大家的愿望通过制度更好地表达、实施、操作、引导出来。

陈志文：您认为该怎么引导？

孙霄兵：我认为应当分解这个压力，考大学的人首先要分类、分层、分流、分科、分校，通过多种考试办法把这一千万人量级的集中高考模式，整个分解掉。比如说分类考试，现在教育规划纲要里要求本专可以分开考试，专科不参加全国的统一高考，只在地方进行考试或者注册入学，全国大的高考不接纳专科生，也不以成绩来录取专科生，这个要求已经将近八九年了，没有完全实现。

陈志文：但是这里有一个现象，和您探讨。很多家长认为"我们家孩子就是没努力，如果一努力没准能上北大"，结果很多孩子又考第二次，第三次。

孙霄兵：这就是家长的问题了。但是逐步的，家长会更加理性，有些人是永远不可能上本科，这个要引导。不能够垄断地说考一种，要分类考试，我认为可以分成六种，理工农林类，社科类，文史类，医学类，体育类，艺术类，比如我要考北大中文系，我只能考文史类的考试，不能参加清华的理工类的考试。另外我认为还可以分校考，美国一流大学就是这十几所学校单考，像我们现在艺术类单考也是考的学校。国际上还有很多种考试办法可以借鉴，比如还可以考主副修，只考两科，其他不必学了，因为我们更多需要的是一种素质，不是分数。

陈志文：但是一旦不考，他就不学了。

孙霄兵：不学高中拿不到毕业证书。现在高中毕业考试、会考和高考三种并行，压力很大，高考严重压缩了会考和高中毕业考试，使其在高考压力下流于形式。高考是大学录取的一种门槛考试，现在高中就是为了高考，以至于教育界有一种理论，认为高中独立性不重要，这种观点我是坚决不同意的，都按照高考一个指挥棒走，高中就没意义了。高中其实是最重要的，比大学重要，对人的成长来讲，大学是专业教育，是培养专才，高中才是全面发展的素质教育。

陈志文：高考只是这些年非常热门的改革之一，从这四十年来看，还有哪些教育改革是您印象特别深刻的或者想谈及的？

孙霄兵：基础教育的改革在高考，高等教育我认为主要是管理模式的改革。我在二〇一七年主持过一个政法七号文，是放管服的相关文件。我觉得问题都是指向计划经济模式，高考是计划经济模式，大学管理也是计划经济模式。

我们的大学不是教育部一家在管，人事部、财政部、中央编办这些部门都各自捏着大学的命脉之一，比如财政部在管大学的财务，高校财务所有的管理制度要按财政部的规定来，人事部和编办管大学用人的权力，从编制，进人，评职称全部要按人事部、编办这套办法来。

教育部门放了一些高校自主权，当然放的也不彻底，但是有些部门没有放，还按二十世纪五十年代那种管理模式在管，二〇一七年的放管服改革，主要是让相关部门把一部分权力放给学校，但是还不彻底，还要进一步来改革。要办好大学一定要走这条路，否则永远是行政机关在办学。

陈志文：您说的很重要一点，大学为什么缺自主权，社会各界认为核心在教育部不放权，但其实是相关部门拥有的权力更多，没有放权，放了也有匹配性不高的问题。

孙霄兵：对，这叫外部管理体制改革，不能用管机关公务员的方式管高校，因为特点是不一样的，公务员、行政机关是首长负责机制，大学是对学生负责，对学术负责。

陈志文：那么您觉得现在改革的难度在哪里？

孙霄兵：还是管理的思维，是整个体制的阻力。

陈志文：您觉得放管服或者您描绘的理想目标，我们什么时候能达到？

孙霄兵：我觉得可能还得一二十年，现在需要让更多的人来认识到这个问题的重要性和这个方法的可行性。

陈志文：其他还有哪些改革印象深刻？

孙霄兵：还有教师的问题解决了，教师的地位、待遇、权利、义务等；还有学生的问题，国家通过全部负责义务教育经费和管理，使义务教育不再成为收费的教育，使老百姓免试免费就近入学，这也是国家的一个重大的改革和贡献，是人民群众受教育权利的基本实现。我们国家由于国力的原因，现在只能实现到九年义务教育，至于高中和学前，是一个努力普及的问题，不是强制性的。

陈志文：在二〇一八年暨南大学人才峰会上，您讲到这些年教育改革里挖掘创新人才的渠道问题，让我印象很深刻。您是怎么注意到这个问题的？

孙霄兵：我在具体制定教育规划纲要的时候，大家提出一个重要的问题，就是"钱学森之问"。大家都说我们的人才培养不足，需要特别拔尖的人才，在教育规划纲要里就单独写一章，要解决这个问题必须从体制上解决，叫做人才培养体制改革，所有的教育改革都必须以人才培养、体制的改革为依托，人才培养不作为所有学校教育改革的中心目标，这种改革是没意义的，包括高考。

我们的减负，减的不是人才发展的负担，而是考试的负担。实际上，对于一个真正的人才来讲，考试不是问题。人才的发展，应该是以自主的、主动的学习和积累为目的，而考试形式忽视人的内在积累，只单纯地出一个命题的考试，而且一些题目的要求某种程度上是吹毛求疵的。

大家都知道，考试的一个重要作用就是分分计较，不看人的主体情况，差 0.5 分都不行，就好比是用 0.5 分来衡量一个人的未来。

拔尖人才的选拔渠道，有破格录取，有自主招生等，但是现在的社会环境下，难免有走后门的，保送生为什么将来必定要取消？所以我们一定要想一个多渠道的平台。

现在的高考是金字塔式的，将来要变成一个喷泉式，在顶部开花，让多种多样的人才通过多种选拔办法出来，这是完全可以做到的。

教育和资本的未来

现在我国教育的第一大问题，仍然还是缺钱。

陈志文：这两年有一个话题，资本和教育的问题，在教育上投资就是投资未来。您怎么评价最近相关政策的强势调整，比如《关于学前教育深化改革规范发展的若干意见》发布，导致部分公司的股票价格直线下降。

孙霄兵：因为他们曾经直线上升过。

陈志文：二〇一三年学而思的市值不到 20 亿美金，到二〇一八年第三季度已经涨到 260 亿美金。您怎么看这个现象？

孙霄兵：目前各方面政策都还在合理的范围之内，首先大家要认识到教育是需要花钱的，我们国家的教育投入即使是达到 4%，离办精英教育的差别也是很大的。

美国的学校花钱是很多的，除了州政府给予外，很多来源于社会。社会上的钱怎么到学校？一种是通过捐资办学，另一种是通过投资办学。不管投资办学或者捐资办学，首先钱要进到学校里面，要把这一块蛋糕做大、做强。

现在我们的问题在哪里？最明显也是最现象级的一个问题，是教师工资太低。从高校到中小学，国家拿不出那么多钱来投资教育，给教师发工资。

也不光是钱的问题，还有横向攀比的问题，我们国家有两千多万公务员，其中教师有一千多万，如果给了教师很高的工资，其他事业单位的研究人员、技术人员怎么办？所以教师工资提高不了很多，这是体制问题，不是财政问题。

国家体制内拿不出钱，就希望体制外拿钱。特别是大学，现在大学争夺高端人才，哪一个不给六七十万，甚至一百多万？我们国家现在教育第一大问题，仍然还是缺钱，需要用优厚待遇来吸引优秀教师，培养优秀人才，这是一个规律。

陈志文：还是欢迎社会资本进入教育，只是中间要划线。

孙霄兵：当然，现在有些办教育者拿到盈利，就把提高学校培养人的素质、质量的初衷给忘记了，变成纯粹想赚钱，所以政府打两棍子、砍两刀，限制上市，也有一定道理。这里实际上还可以进一步靠考核来划线，不一定"一棍子打死"。有效的不一定是科学的，也不一定是长远的，长远来看，我认为还是要分类管理。

陈志文：在国外营利、非营利性教育很清楚，像连锁学校，在美国几乎没有，但在国内却很普遍。资本的力量，优势就是阻力，缺点也是阻力。我数了一下，我们各种形式上市的教育公司，大概有二十来所，这是很不正常的现象。

孙霄兵：民办教育界不能把所有的精力都集中在分类、盈利、上市中去，一定要把教育质量的提高、教育公益事业的旗帜举起来，赚钱也是得提高质量以后才去赚钱。

陈志文：我们如何管控他是否以营利为目的？

孙霄兵：需要相关的教育、工商、民政等部门出台具体政策，但是涉及一个问题，教育本身的管理体制要改革，要把更多的人从计划经济管理模式分流出来管市场，用市场的办法来管教育，不要都用计划经济方式来办教育。对于营利性和非营利性这两种类型的学校都要进行管理，这需要教育部门把管理模式转向在市场经济条件下的管理模式，研究教育问题不仅仅要研究具体的教学问题，还要研究社会的管理。

依法治教　步履不停

《学前教育法》《家庭教育法》要加快推进，我也在起草、呼吁。

陈志文：关于教育治理，现在孩子出事都是学校的责任，学校变成"无限责任公司"，校长都变成"无限责任公司总经理"，您怎么看这个现象？

孙霄兵：其实我们是有很多法律法规和规章制度来管这个事的，而且国家已经在不断地加强。二〇一七年国务院办公厅出台了《关于加强中小学幼儿园安全风险防控体系建设的意见》，要求各部门齐抓共管。另外，教育部出台《学生伤害事故处理办法》，就是碰到这种事情要分清责任，学校责任、学生责任和第三方责任，各找各责任的源头。

陈志文：还有未成年人犯罪问题，您怎么看？一出事，大家对《未成年人保护法》的意见貌似很大。

孙霄兵：我认为要降低刑事责任年龄，现在刑事责任的年龄过高，降低至14岁还有些高。实际上有很多地方未成年人杀了人，也要服刑的。我曾到重庆少年犯监狱去看过，一个12岁孩子杀了人，照样在里面服刑，只不过不判死刑。

比如湖南那个弑母的孩子居然放回家，这是当地司法政策的问题。小孩子杀人也是犯罪，我认为要严重打击，加大处罚。家长也有监管责任，我们现在也在起草《家庭教育法》和《学前教育法》，加重监护人的责任。

陈志文：我们要依法治国，依法治教，您制定或推动制定了哪些法律法规是您比较满意的？我们还应该在哪方面加强依法治教？

孙霄兵：从政策来说，放管服，管办评分离，还有教育部规划纲要等，都是我任上做的，不细说了。从法律来讲，我觉得最重要的，一个是《教师法》，一个是《义务教育法》，让学生和教师的地位、待遇、权利都发生了根本的变化。《民办教育促进法》我也是相对得意的，因为分类管理这种重大的政策在全世界少有，在中国的条件下允许教育营利，也是一个思想上的突破。

遗憾或不足的是在一些具体管理的问题上，比如说解决教师统一职称问题的文件没有制定出来，有一些遗憾。比如《学前教育法》《家庭教育法》，都是今后要加紧推进的，我也在起草、呼吁，应该很快会有进展。

（本文原载人民出版社《中国高等教育变革40人谈》二〇二〇年版）

后　记

此书是二〇一三年出版的《孙霄兵古典诗词文集》的续集。书中主要收录了二〇一三年后创作的诗词文，其中诗词 161 首（诗 142 首，词 19 首），古文 1 篇，对联 3 则，附白话文 4 篇，采访 1 篇。其中部分在刊物中发表过，出版时或有改动。现承江西教育出版社汇集出版，不胜感谢。特别鸣谢陈骥先生的全力推荐、宝贵意见和序言力作。特别感谢责编龚琦主任的精心指导和其他同仁的热情帮助。

诗路艰辛，敬请广大读者批评指正。

孙霄兵

二〇二〇年三月二十日于北京